L'OPERATION VIDOC

Fabien Malbec

Fabien est un jeune écrivain. Heurté de plein fouet comme tous les français par le covid 19 et contraint au télétravail, il a reconverti aussitôt ses 10 heures de transport hebdomadaires économisées dans l'écriture d'un roman. Fabien a de la fantaisie, de l'imagination, il est aussi un brin complotiste. Mais qu'est-ce qui a bien pu l'inspirer pendant cette période si particulière ?

Pour mon épouse et tous ceux que j'aime.

A la mémoire d'une période compliquée.

Toute ressemblance avec quelqu'un existant ou ayant existé ne serait que pure coïncidence.

Édition : BoD – Books on Demand,
12/14 rond-point des Champs-Élysées, 75008 Paris
Impression : BoD - Books on Demand,
Norderstedt, Allemagne
ISBN : 9782322392407
Dépôt légal : Avril 2022

CHAPITRE 1

14 Octobre 1969

Zang commençait vraiment à souffrir. Le soleil tapait encore fort en ce début d'automne mais surtout son camarade Qi ne ralentissait pas. Son allure féline paraissait absorber sans effort cette montée interminable sur un chemin défoncé.

« *Qi, stop, je n'en peux plus* ».

Son ami s'arrêta, un rien narquois.

« *A ce rythme, nous serons obligés de dormir en haut ! Secoue-toi un peu* » répondit ce dernier

Les deux garçons étaient partis de bon matin accomplir une mission pour leur escouade des jeunesses communistes, escalader une petite montagne, ou une grosse colline c'est selon, afin de déterminer jusqu'où on peut voir l'ennemi en cas de conflit. Ils emportaient avec eux une carte rudimentaire qui devrait être annotée lorsqu'ils seraient arrivés au point le plus élevé.

« *N'en rajoute pas, il est à peine neuf heures et il reste au pire deux ou trois kilomètres. Tu vas trop vite, c'est tout* » insista Zang

Ce type d'exercice avait pour but d'en faire des guerriers, des authentiques gardiens du régime. Les nationalistes honnis étaient depuis longtemps partis sur leur île mais le parti et le gouvernement entretenaient régulièrement la fiction d'un débarquement éventuel afin de mobiliser les troupes et les esprits.

Zang et Qi étaient des amis inséparables depuis deux ans, tous deux enrôlés dans le mouvement ô combien inspirant du Grand Timonier. Ils admiraient Mao et ne rêvaient malgré leurs seize ans qu'à le servir.

Zang avait des parents paysans pauvres qui avaient ainsi échappé aux différentes purges de la Révolution Culturelle. Il avait fait des études brillantes de lettres et d'histoire malgré cette époque troublée qui voulait que les intellectuels soient à l'origine de tous les maux. Il avait même appris des rudiments d'anglais et de français avec un ancien moine défroqué à la nationalité indécise rescapé des épurations.

Qi était lui le fils d'un compagnon historique de Mao, un cadre du nouveau parti. C'était un leader dans l'âme, il excellait en tout sans être jamais le meilleur. Il avait tout de suite remarqué la vive intelligence de son ami et il lui avait d'ailleurs demandé d'écrire son discours quand il s'était présenté l'an passé comme premier secrétaire de leur troupe de jeunes.

Ils se complétaient merveilleusement. L'un devant, toujours devant, et l'autre dans la réflexion, dans l'ombre et la protection de son camarade.

Après un court arrêt pour se désaltérer, ils continuèrent leur montée. La végétation n'était pas bien haute ni fournie et elle se raréfiait au fur et à mesure où ils prenaient de l'altitude. Bientôt, ils n'eurent plus que des cailloux et quelques trop rares arbres pour seule compagnie. Au loin vers le haut, ils pouvaient distinguer une espèce de muret de pierre qui couronnait le sommet.

Il avait dû sans doute y avoir un temple à cet endroit mais ce dernier n'avait pas résisté aux différentes guerres civiles qui s'étaient succédées dans cette région. Les matériaux nobles avaient été emportés et réutilisés ne laissant que quelques murs de pierre en ruines. Le chemin montait maintenant en colimaçon autour de la butte et sa largeur par endroits était particulièrement faible. Nouvel arrêt demandé par Zang qui n'avait pas les mollets ni le souffle de son ami.

« *J'adore vraiment ces missions mais vivement que celle-ci se termine car j'ai les pieds en miettes* ».

Les derniers hectomètres étaient tout particulièrement pentus et les deux jeunes furent tout heureux d'atteindre enfin le sommet.

Après un peu de repos, Qi inspecta l'horizon avec une longue vue un peu rouillée qui datait au moins du temps de la guerre de l'Opium. En tournant petit à petit sur lui-même, il donna des indications brèves à son compère qui tentait avec beaucoup d'application de reporter sur la carte les maigres indications fournies. Moulin – rivière – lac – village - colline – moulin - village - forêt. Une demi-heure d'intense occupation s'écoula rapidement.

Zang s'adossa ensuite au muret et enleva enfin ce qui lui servait de chaussures, mi sandales, mi sabots. Il massa ses pieds nus et constata une énorme ampoule sous le pied gauche. Il ferma ensuite les yeux et s'abandonna au soleil, savourant un repos dont il devinait qu'il serait limité. Qi lui ne s'était pas assis, il refit tranquillement le tour de l'horizon comme une vigie à la recherche d'une terre nouvelle.

« *Je t'ai dit le lac à environ cinq kilomètres au nord-ouest ?* »

Zang rouvrit les yeux

« *Oui c'est celui de Shin* »

« *Bien, en route pour la descente* » décida Qi.

Il regarda son ami qui tentait de déformer la semelle de sa chaussure gauche afin de moins peser sur son ampoule.

« *D'accord chef, je suis prêt dans un instant* ».

Un dernier regard sur cette butte déserte et abandonnée et ils reprirent le chemin en sens inverse. Qi semblait se jouer des cailloux qui roulaient sous leurs pieds. Zang était beaucoup moins habile avec son pied gauche qui le faisait terriblement souffrir mais malgré tout, la descente était quand même moins difficile que la montée. Ils furent même tentés de courir parfois.

Subitement, dans un tournant un peu plus fermé, ce fut la chute. Zang cria de douleur et roula dans le chemin. Son corps bascula complètement dans la pente et il ne s'arrêta qu'au prix d'un effort désespéré. Les mains crispées sur le sol, les ongles retournés, les paumes ensanglantées, il s'accrocha enfin le corps juste au-dessus du vide, un vide presque vertical d'une bonne dizaine de mètres. Alerté par le cri, Qi qui était devant remonta immédiatement. Il évalua rapidement la situation.

« *Ne bouge plus, laisse ton corps épouser la paroi, je m'attache et viens t'aider* ».

Qi ouvrit la grande toile qui leur servait de sac et fit tomber rapidement gourde, carte, longue vue et tout ce qui s'y trouvait. Il bouchonna le tissu afin de faire une espèce de cordage. Il fit un nœud sur le tronc de l'arbre le plus proche. Un bras bien arrimé avec ce cordage de fortune il donna l'autre bras à son ami. Ce dernier l'attrapa difficilement. Leurs deux mains étaient maintenant solidement ancrées l'une dans l'autre.

Zang reprit petit à petit son souffle, assuré qu'il était par la poigne de Qi. Il soulagea de son mieux son ami qui le tirait vers le haut en s'appuyant sur les genoux et les pieds. Le sauvetage leur parut interminable. Dans un dernier effort Qi le tira sur le chemin.

Ils se retrouvèrent tous les deux sur le dos le souffle court. La sueur coulait sur leurs visages et ils recherchaient avec avidité de l'air. Toujours main dans la main.

« *A la vie et à la mort* » murmura Qi.

« *A la vie et à la mort* » répondit Zang.

CHAPITRE 2

Cinquante ans plus tard, 28 septembre 2019

Zang regarda son ami venir seul vers lui, sans aucun garde du corps. Ce rendez-vous près du kiosque à musique l'avait un peu étonné mais après tout, en un peu plus de cinquante ans, ce n'était pas la première fois qu'il était surpris par son ami Qi.

Le kiosque à musique était absolument superbe, il venait de la partie coloniale de Shanghai. Il avait été soigneusement démonté lors de la modernisation effrénée de la ville et remis en état avec son lustre de l'époque. Le bois avait été nettoyé, peint et vernis selon les meilleures pratiques chinoises. Qi avait insisté pour le positionner à l'intérieur de l'enceinte de la présidence comme si ce symbole devait démontrer que la Chine dominait maintenant l'ancien monde colonial.

Comme tous les membres de son cabinet, Zang voyait formellement le Président la plupart des mardis matin afin de savoir quels discours son service devrait préparer puisque c'était son occupation officielle à ses côtés depuis la prise de pouvoir du parti communiste par son ami.

L'espace d'un instant Zang se remémora en souriant le premier discours où il glissa une citation de Confucius. Qi était encore très jeune à ce moment et il avait été à la fois surpris et honoré de citer ce grand philosophe qu'il n'avait pas spécialement côtoyé pendant ses études et ne connaissait même pas de nom avant le discours. Heureusement, avec la complicité de son ami, cela avait bien changé avec le temps.

Qi avait deux chapeaux blancs à large bords à la main et il en donna un à Zang qui s'était levé à son approche. Devant son air étonné, il lui expliqua que ce qu'il avait à lui dire devait strictement rester entre eux, sans possibilité que personne ne puisse écouter ni lire sur leurs lèvres. Zang s'inclina légèrement en signe d'assentiment en rabattant au maximum les bords du chapeau

« *Bien compris Président* ».

Il connaissait tellement bien l'attitude complètement paranoïaque de son ami et patron qui se méfiait des technologies nouvelles qu'elles soient d'origine russe, japonaise, américaine, occidentale ou même chinoises d'ailleurs. Il se méfiait de tout le monde y compris de ses propres troupes. Il avait toujours peur que des engins quelconques – drones, satellites, antennes, téléphones - ennemis ou amis ne le surveille. Comme expressément demandé, Zang n'avait d'ailleurs pas pris de portable sur lui.

« *J'ai besoin de tes lumières Zang, j'ai besoin de toi* ».

Qi baissa encore le niveau de sa voix

« *Comme tu le sais la situation à Hong Kong n'est pas celle que je souhaitais et j'ai beau taper sur la table, rien ne se passe. Je crains que les démocrates anti Pékin ne gagnent encore les élections dans deux mois. Outre le plan actuellement en route, j'ai bien sûr différents plans B mais aucun ne me convient vraiment.* ».

Ils marchaient tranquillement autour du kiosque comme deux vieux compagnons qu'ils étaient.

« *Hong Kong tombera un jour comme un fruit mur. Pourquoi cette urgence ?* » S'étonna Zang soudainement inquiet que le Président ne soit malade et veuille absolument régler certains problèmes au plus tôt.

« *Ce n'est pas tant le timing qui me préoccupe mais le chemin emprunté. J'ai le sentiment de rentrer dans une impasse. De me heurter à des murs. Pareil pour Taiwan aussi. Et je ne suis pas loin de penser que c'est la même chose qui démarre avec les Ouighours. Rétrospectivement, la mise au pas du Tibet a été infiniment plus facile et plus rapide. Il est vrai qu'à l'époque, internet et les portables n'existaient pas.* »

« La Chine n'a jamais été aussi puissante mais paradoxalement nous butons de plus en plus sur ce type de problèmes » ajouta-t-il avec une pointe de regret.

Devant construire les discours officiels et étant le plus ancien complice du Président, Zang recevait absolument toutes les informations confidentielles quotidiennes qui parvenaient au Chef de l'Etat. Il savait donc bien combien les diverses contestations étaient maintenant fortement aidées par les réseaux sociaux mondiaux même si certains d'entre eux étaient théoriquement interdits. Sans parler des Etats dits démocrates qui ne loupaient aucune occasion de critiquer l'exécutif soi-disant dictatorial de son pays.

Qi continua :

« *Je pourrais utiliser les forces spéciales militaires, les services secrets ou même une triade pour créer un évènement médiatique qui me permettrait d'intervenir mais là encore, je crains le grain de sable, la caméra indiscrète de surveillance de rue, l'enregistrement d'un téléphone portable ou le témoignage ultérieur de quelqu'un d'aigri* »

« *De plus les pays occidentaux nous attendent probablement sur ce terrain-là. Ce sont des pratiques bien connues maintenant* » ajouta-t-il.

Ils se faisaient maintenant face à face.

« *Tu fais partie des très rares dans lesquels j'ai une totale confiance et tu m'as toujours étonné par tes idées, par ta créativité. Aide-moi si tu peux à trouver une solution, une alternative. Si tu ne trouves rien, tant pis, ce n'est pas grave* »

Zang sourit en entendant ces dernières paroles qu'il savait sincères.

« *D'accord, je m'y mets sans tarder* ».

Zang passa une main sur son visage tout en parlant et Qi put apercevoir fugitivement le majeur de sa main gauche amputé d'une phalange ainsi que deux autres doigts auxquels il manquait l'ongle. Il se rappela cette aventure de leur jeunesse qui avait scellé leur inaltérable amitié. Qi donna une tape tout en douceur sur l'épaule de Zang et repartit vers son bureau non sans avoir récupéré le deuxième chapeau.

En dépit de son apparence de doux panda et de ses joues de bon grand papa, il n'avait rien perdu de cette énergie et de cette volonté qui avaient tant alimenté tout au long de ces années son impressionnant charisme. Rien ne semblait pouvoir l'arrêter.

CHAPITRE 3

9 octobre 2019

Cela faisait dix jours maintenant que Zang cherchait une solution. Dix jours d'enfermement dans son bureau et de réflexion pour l'instant totalement stérile. Il eut beau passer des heures à écrire, à marcher, à lire, à dessiner, rien.

Le principal handicap était évidemment l'obligation de travailler seul.

D'habitude, pour construire les discours les plus importants, il réunissait ses collègues du service. Entre cinq et dix personnes selon les disponibilités de chacun. Une heure d'échanges et de ping-pong intellectuel lui ramenaient toujours de quoi trouver la bonne voie, de quoi faire l'introduction originale et la conclusion inspirante, de quoi conforter l'image de grande solidité de leur Président, de quoi glorifier le rayonnement de son Pays. Après, il déroulait et allait chercher les citations et les références qu'il fallait.

Là, pour dire simplement et très humblement, il pédalait dans le vide.

Le onzième jour, devant le mur qui l'empêchait d'avancer, Zang décida de changer radicalement de méthode. L'atmosphère d'enfermement de son bureau officiel ne lui convenait pas. Il ordonna de vider la chambre de son épouse qui était morte deux ans et demi plus tôt. Il demanda d'y mettre une simple table de travail, une chaise et une ligne pour l'intranet gouvernemental.

Il avait jusqu'alors gardé cet endroit en l'état et venait s'y allonger de temps à autre lorsque la solitude lui pesait trop. Il expliquerait à sa fille lorsqu'il la verrait pour les fêtes de nouvel an que tous ces meubles devenus inutiles lui sapaient le moral et qu'il lui fallait tourner la page. Ce qui n'était pas complètement faux.

Le lendemain soir, une fois la pièce libérée et ré agencée, il ramena une pile de post-it et un livre que lui avait offert un de ses amis chinois journalistes : « *2000 – 2018 : Les cent évènements mondiaux qui ont marqué le début du vingt et unième siècle* ». Il avait déjà feuilleté ce livre et il avait noté avec étonnement que certains des évènements qui avaient marqué l'humanité étaient parfaitement prévisibles, d'autres beaucoup moins.

Bien sûr, ces faits avaient été sélectionnés par un chinois et donc une bonne moitié d'entre eux concernaient l'Empire du Milieu. Ce travail de mémoire était très partial et orienté selon la pensée dominante du parti. Cela étant, ce coup d'œil dans le rétroviseur, tout imparfait qu'il soit, était fort intéressant.

Il était dix-huit heures quand il posa le tout sur le grand plateau de dessinateur qui trônait désormais au milieu de la pièce vide. Il décida que déboucher une bonne bouteille de vin, ce qu'il ne pouvait pas faire au bureau, serait un bon début pour cette nouvelle approche.

Zang passa une partie la nuit à travailler et lorsqu'il se coucha avant l'aube, il avait noirci, si l'on peut dire, tout un mur de post-it de toutes les couleurs. Chacun d'entre eux se rapportant à un évènement parmi ceux réunis dans le livre. Rouge quand cela concernait des personnalités, bleu quand c'était des réalisations techniques remarquables, vert quand cela avait trait aux choses naturelles, jaune quand l'économie était concernée, violet pour les guerres et autres évènements politiques, etc. Il avait mis en haut ce qui relevait de l'inattendu et en bas ce qui découlait naturellement de la marche du monde, le reste étant au milieu.

Quand il se coucha, la seule chose qui l'avait marqué était que tous les post-it verts (tsunami en Thaïlande, volcan Islandais qui se réveille après trois cents ans, incendies gigantesques en Californie, inondations en Chine, accident de Fukushima, etc...) étaient en haut tous groupés même si certains écologistes occidentaux « woke » auraient volontiers mis en cause le réchauffement climatique pour dire qu'il n'y avait aucune surprise. Il s'endormit à l'aube d'un seul coup avec Fukushima dans la tête.

Zang se réveilla vers midi avec un allant et un optimisme retrouvés. Il savait qu'il n'était pas loin. Il n'aurait pas su dire pourquoi mais il le sentait. Il croyait même l'avoir rêvé !

Ce qui était tout à fait irrationnel.

Après un solide repas et une douche, il retourna à son bureau pour prendre les dernières nouvelles du pays et du monde. Il décida de relire attentivement toutes les synthèses sur la marche du pays des deux derniers mois.

Il était un peu plus de vingt et une heures lorsqu'il trouva. Juste une simple dépêche venant d'une des provinces. C'était comme si un rideau s'était déchiré d'un seul coup, comme lorsque la brume tenace qui empoisonnait à petit feu depuis des années les habitants de Pékin avait cédé la place au soleil lors des jeux olympiques. Fukushima ! Fukushima l'avait éclairé ! Il en avait certainement rêvé toute la nuit de cet incident. Il avait maintenant le début d'une solution.

Avec prudence, Zang se laissa la journée du lendemain pour mettre en forme son idée directrice, pour dérouler ensuite un plan d'action raisonnable et détaillé, pour identifier les moyens nécessaires à sa mise en œuvre, sans oublier la liste des difficultés et des impondérables dont il faudrait imaginer la parade.

Il connaissait par cœur son patron et il n'échapperait peut-être pas aux questions qui fâchent. Il voudrait sans doute voir la photo d'ensemble du projet. Il avait même immédiatement trouvé un nom à cette opération.

La cerise sur le gâteau.

Sur le réseau interne de la présidence, il envoya un message à Qi : « *J'ai noté l'autre jour qu'il y avait un éclat de peinture sur le kiosque à musique. J'ai pu trouver la bonne peinture, j'irai après-demain matin le réparer à partir de neuf heures* »

CHAPITRE 4

15 octobre 2019

« *La clé du succès, c'est qu'il faut que tu puisses intervenir avec une totale légitimité, sans aucune contestation possible, ni en interne, ni au niveau international vis-à-vis des autres pays* » démarra Zang.

Qi approuva de la tête en marchant.

« *Cette légitimité viendra du fait que l'évènement déclencheur sera complètement indépendant de toute autorité, et d'ailleurs de toute volonté humaine, quelle qu'elle soit. C'est ça la clé, ce qui va arriver doit être naturel, inattendu et impondérable* ».

Zang savait pour très bien le connaitre que son interlocuteur avait besoin d'une démonstration claire et précise.

« *Prenons l'exemple de Fukushima ; derrière le drame inattendu, l'Etat japonais a pu décider immédiatement ce qui lui semblait juste et proportionné. Devant une calamité naturelle, le réflexe tout à fait normal est de faire corps derrière l'exécutif du pays. Quelques mois plus tard, les opposants vont peut-être discuter à l'infini sur les causes, sans doute répéter qu'ils auraient fait différemment, chercher sans relâche des responsabilités, mais ils vont rarement discuter les moyens immédiats employés. Quand l'urgence commande, la contestation disparait* ».

Qi interrompit son ami en levant doucement un bras et il indiqua par là-même qu'il avait parfaitement compris le raisonnement de son ami :

« *Tu veux donc dire que tu as trouvé quelqu'un ou plutôt non pardon, pas quelqu'un ; tu as trouvé quelque chose totalement indépendant de ma volonté qui est capable de déclencher un tsunami sur Hong Kong pour reprendre ton image de Fukushima ?* »

Zang hocha la tête avec un sourire.

« *En quelque sorte oui, c'est exactement ce que tu m'as demandé et ce que je crois pouvoir faire. Et pas uniquement sur Hong Kong, sur l'ensemble de tes cibles* »

« *Est-ce que tu es sûr de toi ?* ».

Zang plissa les yeux et redressa son visage d'un air interrogateur.

« *Non non, j'annule ma question, elle est stupide : j'ai une totale confiance en ton jugement et je sais qu'en me disant cela que tu as une solution, et qu'elle peut fonctionner* ».

Zang réprima un nouveau sourire.

« *J'ai juste besoin en fait que tu me donne ton évaluation sur les chances de succès car c'est une grande partie de ma stratégie politique que j'engagerais ensuite derrière* ».

Zang se passa sa main mutilée sur le visage dans un tic assez habituel chez lui. Il prit du temps pour répondre.

« *Au total je dirais 9 chances sur 10 car rien ne se passe jamais comme prévu. Mais là, c'est du lourd, du très solide. Je peux développer si tu le souhaites* »

« Non, c'est bon, je préfère ne pas être au courant. Je veux pouvoir me comporter normalement face à ce tsunami à venir. ».

Les deux hommes marchèrent un moment en silence. Zang fut un peu surpris que son ami ne demande pas plus de précision.

« *Ce n'est pas vraiment que je craigne de passer au détecteur de mensonges, au fameux polygraphe américain, mais je préfère pouvoir dire sans problème que je ne savais pas* » dit Qi avec un petit sourire complice.

« *A combien évalue-tu les éventuels dommages collatéraux ?* » ajouta-t-il

Zang n'hésita pas très longtemps car il s'était préparé à la question.

« *Quelques centaines de morts, peut-être moins, mille tout au plus* ».

Ils finirent tranquillement en silence leur troisième tour du kiosque à musique.

« *De quoi as-tu besoin ?* » demanda Qi

« *Je vais m'isoler officiellement et disparaitre de Pékin pour écrire un livre. J'ai juste besoin avec moi d'un hackeur de très haut niveau, le meilleur si possible* » répondit Zang.

Qi, s'il fut étonné par la demande de son complice, n'en laissa rien paraitre.

« *Un hackeur.* » marmonna Qi machinalement en fronçant les yeux

« *Oui un hackeur car je vais avoir besoin de beaucoup d'informations que je ne peux demander par les voies habituelles* » répondit Zang

« *OK, je m'en occupe. Il faudra par contre d'une façon ou d'une autre que tu coupes le lien avec ce hackeur dès la fin de l'opération. Que tu le coupes complètement, définitivement. Tu comprends bien ce que je veux dire. Il ne pourra pas rester libre dans la nature* »

Zang lui fit un signe de la tête en signe d'assentiment.

Il reprit ensuite la parole :

« *Par contre, il me faut quelques semaines de préparation. Quand souhaites-tu faire cette opération ?* »

« *Les sondages prédisent pour l'instant notre échec aux prochaines élections locales à Hong Kong mais si nous arrivons à gagner, je n'aurai pas besoin de ton aide. Je t'enverrai un message le soir du dernier dimanche de novembre. En fait c'est idiot, je n'enverrais rien car tu comprendras tout seul en lisant les résultats à la télévision de Hong Kong.* » répondit Qi.

Après un moment de silence, Qi donna une petite tape complice sur l'épaule de Zang, comme il le faisait depuis maintenant depuis si longtemps.

« *Merci encore Zang. Ton analyse est absolument brillante et ta solution probablement aussi. Je ne sais pas ce que tu vas faire, ni comment, mais bravo. La simple idée d'avoir une solution à portée de main m'amène un grand soulagement. Prend soin de toi.* ».

Le président commença doucement à s'éloigner vers son bureau.

« *Ah j'oubliais Président, une dernière chose, j'ai trouvé un nom pour cette opération : L'Opération Vidoc* ».

Qi se retourna un instant et demanda :

« *Qu'est-ce que cela veut dire ?* »

« *Absolument rien, c'est le nom d'un des chiens de mes parents que j'ai beaucoup aimé* »

« *Pas mal trouvé, j'achète.* » répondit Qi.

Zang décida de marcher encore un peu. Il lui restait tout juste cinq semaines pour tout préparer ce qui était à la fois beaucoup et très peu.

Il avait identifié le potentiel tsunami. Une solution imparable aux yeux des chinois et surtout aux yeux du monde entier. Une solution pas trop gourmande en vies humaines. Beaucoup moins que Fukushima. Enfin, il l'espérait.

Sur le papier, il savait exactement comment il faudrait opérer. Mais il lui fallait trouver des solutions pratiques alors qu'il ne pouvait compter que sur lui-même ou quasiment. Et pour un intellectuel comme lui habitué aux discours où le plus souvent il conjuguait les verbes au futur et au conditionnel, mettre les mains dans le cambouis n'était pas le plus simple ni le plus habituel.

D'un seul coup, le vent se mit à siffler avec force dans les bois du kiosque, il ressentit alors au plus profond de lui le froid ambiant de l'automne pékinois. Il se secoua, ferma jusqu'au cou son manteau et allongea le pas pour rentrer directement chez lui.

Il avait un avion à réserver sans délai et un sac à préparer.

CHAPITRE 5

18 octobre 2019

« *Salut ma fille* »

Zang était assis confortablement sur la terrasse qui courait le long de sa chambre. Le soleil allait bientôt disparaitre dans la mer et la température était absolument idéale.

Il avait souvent accompagné son Président dans ses déplacements internationaux lointains et il avait donc maintenant l'habitude des grands hôtels de luxe à l'occidentale mais ce palace de Yalong dans l'ile de Hunan était vraiment le meilleur qu'il ait pu connaitre dans toute sa carrière. L'hôtel était construit et décoré selon les pures traditions chinoises et la moquette des couloirs était d'une telle épaisseur qu'une simple marche donnait parfois des sensations tout à fait irréelles.

« *Bonjour Papa, tout va bien ?*»

Ylang avait une belle voix mélodieuse qui le faisait toujours fondre. Elle était médecin urgentiste à Pudong dans la banlieue de Shanghai. Il se disait parfois que rien qu'en parlant aux malades avec sa belle voix, elle devait immédiatement commencer à les guérir. Son mari travaillait à l'aéroport international de Shanghai dans la gestion du trafic ou quelque chose d'approchant et ils avaient deux filles adorables. Ils avaient pu immédiatement profiter des nouvelles lois permettant d'avoir deux enfants.

« *Je te dérange peut-être ?* » ajouta Zang en constatant qu'il était relativement tôt dans l'après-midi et qu'elle devait être encore à l'hôpital.

« *Non, c'est bon. Cela fait quelques jours que c'est plutôt calme ici. Un rush infernal comme toujours au petit matin. Mais là, maintenant, la salle d'attente est presque vide, je vais partir à la maison.* » répondit-elle

« *Cela me fait du bien de t'entendre. Je voulais te dire que j'ai pris enfin un peu de temps pour moi. Cela s'est décidé vite, sans vraiment de raison. Des vacances. Enfin, en partie. Je prépare un livre important pour le Président et pour être tranquille, j'ai pris mes quartiers à Yalong, dans le même palace où nous avions fêté mes soixante-cinq ans avec ta Maman* ».

« *Tu es sûr que tout va bien ?* » demanda sa fille qui connaissait son incapacité à ne rien faire et qui savait que depuis trois ans il n'avait fait aucun break sauf les quelques jours du nouvel an passés chez eux en compagnie de sa maigre famille.

« *Parfaitement bien. Je prévois travailler le matin et me reposer l'après-midi. Les discours du Président sont entre les mains expertes de Shu que tu connais et que j'ai formé depuis presque dix ans et je t'avoue que les brumes polluées de Pékin ne me manqueront pas. Elles me deviennent d'ailleurs de plus en plus pesantes. Je ne suis donc pas fâché de cette escapade* » répondit-il

« *Quelle chance d'être là-bas. Cet endroit est absolument merveilleux. Je ne savais pas que tu connaissais encore le mot vacances. Tu comptes rester longtemps* ? » reprit-elle

« *Pas plus de cinq à six semaines. Enfin, vu d'aujourd'hui. Je te ferai signe afin de passer vous voir en remontant dans la capitale* » répondit-il

Ils papotèrent encore un bon moment, Ylang lui donnant des nouvelles de toute sa tribu.

« *Je t'embrasse très fort mon Papa chéri. A très bientôt j'espère* »

« *Embrasse les tous* »

« *Avec grand plaisir. Prend soin de toi* »

Après avoir raccroché, Zang se resservit un nouveau verre d'eau pétillante et il se demanda s'il descendrait au restaurant ou s'il resterait tranquille dans la chambre en commandant au « room-service ».

La solitude qu'il avait fui toute sa vie était devenue chez lui par la force des choses une seconde nature. Le hacker qu'il avait demandé et qui devait l'épauler allait arriver dans la soirée avec tout son matériel. Il ne le verrait sans doute que le lendemain matin.

Le soleil disparut d'un seul coup et il resta un moment à admirer l'immense parc arboré où l'ombre gagnait petit à petit en intensité. Des lanternes à énergie solaire s'allumaient progressivement dans les allées. Le désœuvrement et le farniente n'étant pas son fort, il consulta l'heure sur son téléphone et décida qu'une courte marche avant diner s'imposait.

Le temps de cette petite province insulaire était incroyable pour un mois d'octobre et il se fit la réflexion qu'il aurait dû en profiter beaucoup plus souvent tout au long de ces années passées.

La balade terminée, Zang rentra tranquillement vers l'hôtel et il décida de manger dans sa chambre afin de profiter des lumières de la baie sur sa terrasse.

Au moment où il passait dans le hall d'entrée, le chef de la réception lui indiqua que Chang Hui était arrivé. Ce devait être celui qu'il attendait. Il décida de le laisser tranquille jusqu'au lendemain.

Zang s'était bien préparé pour cette rencontre et il avait encore deux options, faire travailler son hackeur dans le brouillard et ainsi s'assurer qu'il ne saurait jamais ce qu'il avait fait où le mettre dans la confidence et le supprimer ensuite. Cette deuxième solution ne lui plaisait pas plus que cela mais elle avait le mérite de l'efficacité et le projet réclamait une étanchéité totale avec Qi.

Il avait déjà tué quelqu'un lorsqu'il était jeune gradé dans une des organisations de la jeunesse du parti. Une opération qui lui avait été commandée et qu'il avait conduite sans états d'âme avec le plus grand sang-froid.

Quarante ans plus tard, il ne savait pas vraiment s'il aurait le même courage et surtout la même absence de scrupules. Sa fille et ses petits enfants avaient considérablement modifié son rapport à la vie et à la mort. Son âge aussi.

Il s'endormit difficilement en se disant qu'il lui faudrait commencer par connaitre le fonctionnement et surtout la psychologie de son interlocuteur pour trancher.

CHAPITRE 6

19 octobre 2019

Lorsqu'il vit Chang Hui s'assoir à sa table du petit déjeuner, Zang cru tout d'abord à une erreur. Il attendait un hacker de haut niveau et une jeune femme s'était assise en face de lui.

Les hommes de sa génération avaient été en théorie éduqués dans le strict respect de l'autre, homme ou femme, mais même s'il s'en défendait avec énergie, il était comme tous les chinois mâles un macho convaincu. Une affaire de civilisation qui remontait très loin dans le temps et que la politique de l'enfant unique avait exacerbé au plus haut point. Tout juste avait-il accepté de garder sa fille à sa naissance eu égard à son éminente place au sein du parti et à une image de bienveillance à défendre mais il aurait bien sûr à l'époque préféré mille fois avoir un fils.

De plus, il avait cru comprendre au hasard de ses lectures scientifiques que pour tout ce qui touchait aux codages, aux logiciels et autres développements informatiques, les hommes avaient un cerveau bien plus prédisposé que les femmes. Les échecs et le jeu de go n'avaient, à sa connaissance, jamais produit d'autres champions que des hommes.

Bref, Zang passa un début de repas légèrement perturbé.

Chang Hui était très jeune, peut-être 25 ans, peut-être un peu plus. Pas très grande, plutôt mince, le cheveu assez court, des lunettes cerclées de métal qui démontraient probablement trop de temps passé déjà sur les écrans, un « look » sans doute volontaire à la Steve Jobs – jeans et T-shirt noirs, basquets elles aussi noires - le tout aucune sans marque distinctive.

Manifestement sur la défensive, après un bonjour plein de respect et une démonstration de politesse qu'il apprécia, Chang Hui lui sourit et attendit calmement qu'il prenne la parole.

« *Bienvenue* » articula enfin Zang,

« *Je suppose que tu sais ce que je fais auprès de notre Président* »

« *Absolument pas* » répondit Chang Hui.

« *Le directeur général de la cyberdéfense du parti m'a demandé de me mettre à votre entière disposition aussi longtemps que nécessaire, et il a précisé que je n'aurai pas en aucune manière à lui rendre compte de mon travail avec vous* » enchaina-t-elle.

Le tout avait été débité d'un ton égal comme une leçon bien apprise.

Zang ne croyait évidemment pas un mot de l'engagement affiché par ce haut cadre du parti qu'il connaissait un peu. Tout le monde espionnait tout le monde dans les allées du pouvoir chinois, spécialement à Pékin, et l'ordre que le Président lui avait donné avait dû fortement exciter sa curiosité.

Il n'avait pas encore décidé de la façon de travailler et l'arrivée de cette jeune femme qui pourrait presque être sa petite fille ne lui simplifiait pas les choses.

« *Peut-être allons-nous d'abord nous présenter l'un et l'autre et je te dirai ensuite ce que j'attends de toi* » indiqua-t-il.

Ils finirent leur petit-déjeuner en silence avant de se retrouver dans le salon de la suite occupée par Zang.

Ce dernier parla pendant près d'une heure pour lui expliquer dans le plus grand détail son travail auprès de Qi depuis quarante ans : les cent quatre-vingt-huit discours de référence qu'il avait discutés avec le Président puis rédigés personnellement pour des occasions exceptionnelles tant nationales qu'internationales, les quelques neuf mille trois cents autres discours qu'il avait dicté à son équipe puis corrigés pour la vie de tous les jours de son leader, les neufs programmes pluriannuels complets qu'il avait inspirés et fait éditer pour le parti et l'administration centrale, enfin les deux biographies écrites, l'une consacrée aux années du parti, l'autre pour les années du début de présidence.

Après avoir enchainé un très court instant sur sa famille, il invita ensuite Chang Hui à se présenter.

« *Je suis née à Macao. Mes parents travaillaient comme employés de cuisine dans un grand casino avec un contrat de dix-huit mois renouvelable. Ils voulaient absolument avoir un garçon et un jour, à la fin de leur troisième contrat, ils m'ont abandonnée pour retourner dans la campagne près de Chengdu. J'avais quatre ans. J'ai été élevée dans une institution catholique héritée de l'administration portugaise. Je parle le portugais et l'anglais couramment et je peux comprendre l'espagnol et le français. J'ai eu la chance de gagner à un jeu un ordinateur personnel à l'âge de huit ans et depuis ce moment, je surfe sur internet. J'ai fait partie du CCC, Chaos Computer Club pendant quelques années et aujourd'hui je travaille de temps à autre pour Anonymous. J'ai aussi lancé un groupe Chinois pour mon travail officiel pour le parti dont je tairais le nom si vous le permettez »*

« Je n'ai aucune idée précise de ce que signifie le CCC et Anonymous. Que veux-tu me dire en citant ces références ? » s'enquit Zang.

« Il y a plusieurs dizaines de milliers de hackers de haut niveau dans le monde – difficile d'être plus précise » ajouta-t-elle en voyant le froncement de sourcils de son vis à vis

« Et j'en fait partie. Comme je parle et comprends le portugais et l'anglais en plus de notre langue, mon champ d'action est quasi-mondial et je suis donc plutôt dans le premier décile de ce groupe c'est-à-dire dans les quelques milliers que certains états et beaucoup de compagnies cherchent à recruter

et utiliser. En plus je suis une femme et nous sommes très très peu dans cette catégorie »

La jeune femme repris son souffle et ajouta

« *Je suis née juste avant le rattachement de Macao à la république de Chine et j'ai donc aussi le statut particulier actuel de ce territoire. A la demande de ma hiérarchie, j'ai demandé il y a quelques années et obtenu la nationalité portugaise. Cette double identité me permet certaines choses normalement difficiles d'accès aux hackers strictement chinois* »

Manifestement, il avait devant lui un animal très rare tel qu'il l'avait demandé mais le niveau de compréhension de Zang sur ce qu'elle lui racontait était trop faible pour poursuivre plus avant dans une discussion technique.

Il décida alors de changer de registre.

« *As-tu retrouvé tes parents biologiques ?* » demanda-il brusquement.

« *Oui, facile. J'avais alors quatorze ans et j'ai tout appris sur eux. Je leur ai envoyé leurs dossiers médicaux, leurs comptes en banque, leurs contrats de travail et tout un tas d'informations sur la société qui les emploie dans la culture du poivre. J'avais aussi réalisé et joint une recherche sur leur généalogie – qui est aussi la mienne. J'ai signé. C'est tout. Je ne suis pas certaine qu'ils aient compris exactement qui j'étais. Ce sont des êtres frustres. Je ne leur en veux pas* ».

« *Tu as un frère ou une sœur ?* »

Chang Hui baissa les yeux et resta un long moment sans rien dire.

« *Oui, un petit frère* »

Zang avait l'habitude depuis toutes ses années de travail des relations humaines et il décela la gêne immédiate de son interlocutrice suite à sa dernière question. L'atmosphère s'était soudainement et inexplicablement tendue. Il était trop fin pour ne pas comprendre que le sujet de ce frère était plus ou moins tabou, difficile à aborder en tout cas alors qu'ils se connaissaient à peine.

Il décida de stopper là leur premier contact.

« *Allez, aujourd'hui détente pour toi car je dois valider trois nouveaux discours, on se revoit au diner* »

Zang regarda attentivement son interlocutrice quitter la pièce. Il ne savait pas quoi mais son attitude plutôt enjouée du début avait totalement changé après la question après tout assez innocente sur son frère.

Il se dit qu'il faudrait gratter un peu.

CHAPITRE 7

19 octobre 2019

« *Les discours écrits par votre équipe étaient-ils bons ?* »

En posant sa question, Chang Hui avait un petite sourire en coin qui pouvait vouloir dire qu'elle n'était pas dupe.

En fait, après une série de coups de téléphone, Zang avait passé une partie de l'après-midi à réfléchir en marchant sur la plage pas loin de l'hôtel, les pieds dans l'eau. Peut-être d'ailleurs l'avait-elle vu.

Depuis qu'il l'avait rencontrée, il ne parvenait pas à accepter l'idée de devoir « couper » tout lien avec son hacker comme évoqué par son Président. Pas avec ce hacker là en tout cas. Chang Hui lui faisait trop penser à sa fille et ses petites filles. S'il ne trouvait pas mieux, il mettrait en œuvre le plan de travail très compliqué qu'il avait imaginé à l'origine. Quitte à prendre plus de temps. Denrée qui lui était pourtant comptée.

« *Je me suis promené en fait. J'avais besoin de préparer en détail notre future collaboration. D'ailleurs si nous devons passer beaucoup de temps ensemble sur des dossiers, peut-être pourrais-tu me tutoyer ?* ».

La proposition soudaine de Zang surprit un peu son interlocutrice.

« *Pourquoi pas. Après tout sur le net, tout le monde se tutoie, surtout en anglais.* » ajouta-t-elle en riant nerveusement, manifestement un peu gênée.

Zang avait réservé au restaurant de l'hôtel une table complètement à l'écart afin de pouvoir échanger tranquillement. Chang Hui s'était manifestement un peu détendue depuis leur échange du matin. Il reprit :

« *Es-tu déjà allée au Portugal ?* ».

Zang avait décidé d'appliquer la technique des meilleurs avocats américains : ne poser pour démarrer que des questions dont on connait la réponse.

Il avait appelé en fin de matinée Kicha, un vieux complice de la direction centrale des passeports. Ce dernier avait été dans sa compagnie de jeunes communistes quelques cinquante ans auparavant et comme lui, il avait été aspiré par la réussite de Qi pour terminer sa carrière dans un poste important où la confiance était absolument essentielle. Kicha avait remonté rapidement pour lui la généalogie de Chang Hui et il savait maintenant tout sur la jeune femme et sa famille. Il savait qu'elle n'était jamais sortie de Chine.

« *Je n'ai pas encore cherché à voyager. Je crois d'ailleurs qu'il faudrait sans doute que j'en ai l'autorisation* » répondit-elle.

« *Cela te manque ?* » demanda-t-il.

« *Non pas vraiment, ce n'est pas ma première priorité du moment* ».

Un serveur vint prendre la commande de leur diner.

« *C'est quoi ta priorité, si ce n'est pas indiscret* ».

Comme le matin, la réponse ne vint pas immédiatement

« *Je n'ai pas trop envie d'en parler* »

Zang se passa à deux reprises la main sur le visage, son tic habituel lorsque les choses n'allaient pas exactement comme il avait prévu. Difficile de percer la carapace qu'elle s'était construite, consciemment ou pas.

« *Tu sais, j'aime bien connaitre les gens avec lesquels je travaille, c'est pour cela que je me permets de te poser toutes ces questions. Ne te sent pas obligée de répondre. La confiance ne se décrète pas. Elle vient naturellement* ».

Après un moment, la jeune femme attaqua :

« *Alors, c'est quoi mon boulot ?* ».

Il y avait définitivement du défi dans cette façon de poser à son tour une question, un défi qu'il apprécia.

« *Je ne sais pas encore. Cela dépend de toi. Peut-être que tout à l'heure, je vais demander qu'on m'envoie un autre hacker* » répondit-il en la regardant bien droit dans les yeux.

Sa réponse plomba momentanément l'ambiance mais en bon joueur de go, il savait qu'il avançait.

Les différents plats arrivèrent et Zang demanda au serveur un verre de vin rouge.

« *Que veux-tu boire ?*».

« *Merci, la même chose, un peu de vin aussi* »

En grignotant les cacahouètes nature qui accompagnaient la ronde des plats, Zang se demanda pourquoi ce « petit frère » dont il connaissait l'âge – 16 ans – devait tant la perturber. Apparemment il n'allait pas à l'école et vivait encore avec ses parents. Elle avait dit elle-même de façon assez plutôt directe tout ce qu'elle pensait de ses parents et il n'imaginait donc pas une quelconque jalousie de sa part. Zang se resservit un peu d'épinards et décida de se lancer à nouveau.

« *Tu m'a parlé ce matin de ton petit frère. Tu l'as déjà vu ?* ».

« *Non, jamais* ».

« *Sais-tu si tes parents ont fait d'autres tentatives avant d'avoir un garçon ?* » insista-t-il.

La jeune femme prit son temps pour répondre :

« *Au moins une, oui. Mort naturelle d'une fille à la naissance trois ans après leur départ* ».

Chang Hui hocha la tête d'un air entendu en montrant par la même qu'elle ne croirait guère à cette mort providentielle.

Dans la Chine profonde, avoir une fille était encore un vrai drame et elle pensait assez logiquement vu ce qu'ils lui avaient fait avant que ses parents avaient tué leur nouveau-né.

Il put ainsi vérifier l'honnêteté de ses réponses, réponses qu'il connaissait déjà.

« *Tu leur en veux beaucoup ?* » insista Zang

« *Non, même pas. D'une certaine façon, ils m'ont obligé à emprunter une autre voie, une autre vie. Pour moi, ils sont partis sur une autre planète. Je n'ai plus besoin d'eux. Ils n'existent plus. Et ceux qui m'ont recueilli étaient absolument formidables, tellement bons, tellement gentils* ». répondit-elle

Zang sentit qu'il avait réussi à percer une muraille, peut-être la dernière, mais cela n'expliquait pas encore le souci du petit frère.

Le bol de riz expédié, Chang Hui le regarda à son tour bien droit dans les yeux avec un très léger sourire. Elle le tutoya alors pour la première fois :

« *Zang, je vais te dire ma priorité* »

CHAPITRE 8

24 octobre 2019

Quatre jours complets déjà que Zang épluchait avec la plus grande attention les données fournies par Chang Hui. Pour l'instant sans résultat probant.

Après leur long échange du premier soir, il avait décidé de passer un contrat moral avec Chang Hui. Sa longue expérience lui avait appris à plutôt bien jauger les individus et il pensait que la jeune femme serait parfaitement loyale. Elle lui donnait accès à toutes les données dont il avait besoin et il l'aidait à résoudre son problème personnel.

Il avait bien sûr un peu tordu le bras à la vérité et elle ne connaissait pas l'objectif ultime poursuivi.

Zang avait expliqué que l'opération visait à déstabiliser Taiwan avec une attaque chimique surprise venue de nulle part qui justifierait une intervention de la Chine aux yeux des USA. Ce qui pour un Chinois « continental » semblait parfaitement légitime.

Elle en savait donc suffisamment pour comprendre que ce projet était totalement en dehors des sentiers battus, qu'il était hyper secret. Lorsqu'elle comprendrait un jour, si jamais elle faisait le rapprochement, elle pourrait toujours douter qu'il y ait eu une volonté délibérée d'obtenir de tels résultats.

Il avait trouvé chez Chang Hui une puissance et un dynamisme étonnant qui l'avaient assez vite séduit. D'une certaine façon, elle lui rappelait Qi jeune, ce qui à ses yeux était un grand compliment.

Zang avait défini deux grandes pistes pour structurer leurs investigations : travailler d'une part sur le « tremblement de terre » qui génèrerait le tsunami et s'organiser ensuite pour que ce tsunami arrive aux endroits choisis, ce que Zang appelait la partie logistique.

Chang Hui avait démarré sur cette partie logistique et Zang cherchait avec elle dans toutes les données fournies le moyen d'obtenir ce qu'il voulait. Il venait de terminer l'analyse systématique de tous les pilotes de la compagnie aérienne « Hong Kong Transit » en se concentrant plus spécialement sur les lignes opérant au sud de la Chine en liaison avec Hong Kong et Taiwan.

Ils travaillaient chacun dans leur chambre avec des connexions internet spéciales qui ne permettaient pas en théorie de tracer leur adresse IP. Sauf à tomber sur un hyper spécialiste comme Chang Hui, personne ne pourrait comprendre ni analyser ce qu'ils faisaient.

Cette dernière avait assuré à Zang que le brouillage de leurs recherches était très sophistiqué. Les données passaient un jour par la Moldavie et le Kenya, le lendemain par le Botswana et l'Azerbaïdjan et ainsi de suite en évitant les pays les plus pointus dans ce domaine comme les USA et la Russie. Le tout crypté bien sûr. Enfin, si quelqu'un devait rentrer dans leur système, des sonnettes les avertiraient immédiatement et ils pourraient changer de protocole.

Zang n'avait à peu près rien compris aux explications techniques de la jeune femme. La seule chose qu'il avait retenue est que si quelqu'un marchait un jour sur leurs traces, scénario hautement improbable, ils le sauraient. Ce qui in fine lui suffisait.

Le diner du soir qu'ils prenaient en commun devenait de facto le moment de débriefe journalier.

« *Pour l'instant, je n'ai rien trouvé de vraiment concret pour les pilotes* » démarra Zang en grignotant ses éternelles cacahuètes...

« *Peut-être qu'il faut élargir à d'autres moyens* » ajouta-t-il en parlant tout seul.

Il n'était pas encore inquiet même si le temps passait trop vite.

Le cinquième jour au petit matin, Zang pu enfin avoir une liaison téléphonique avec le célèbre Professeur Guarini, prix Nobel de médecine. Cette démarche était essentielle de façon à honorer la part du contrat qui le liait maintenant à Chang Hui.

Même si la relation avec le professeur était assez récente, Il y avait déjà une vraie complicité avec Guarini, une authentique amitié. Ils s'étaient rencontrés à Davos quelques années plus tôt. Guarini avait fait un très brillant exposé aux grands du monde économique sur « l'Intelligence Artificielle et le Cerveau Humain » et Zang faisait partie de la suite de son Président, invité d'honneur. Le discours qu'il avait écrit pour Qi avait eu beaucoup d'impact, les ambitions chinoises devenant de moins en moins cachées.

Un soir pendant un cocktail, Guarini l'avait abordé et lui avait dit son admiration pour la Chine éternelle et plus spécialement pour la médecine chinoise qu'il avait étudiée dans sa jeunesse. Guarini avait montré aussi qu'il connaissait particulièrement bien l'histoire de leur pays.

L'année suivante, Zang l'avait invité et reçu à titre privé en Chine. Il lui avait organisé une visite mi- touristique avec des endroits normalement interdits aux occidentaux et mi-professionnelle avec une réception de deux jours dans l'université la plus réputée de médecine traditionnelle chinoise. Il avait œuvré en sous-main pour que Guarini devienne Docteur Honoris Causa de cette université.

Guarini avait pu affiner ses connaissances et selon ses dires, il ne remercierait jamais assez Zang pour cette expérience unique et inattendue.

Depuis ce temps, ils échangeaient régulièrement par mail et par téléphone, en anglais, seule langue commune qu'ils pratiquaient l'un et l'autre, Zang en suintant et mangeant la moitié des mots et Guarini en roulant les R. Les entendre dialoguer en maniant la langue de Shakespeare aurait d'ailleurs probablement amené un anglais pur jus au bord de la crise de nerfs.

Depuis sa visite en Chine, Guarini harcelait Zang pour qu'il vienne le visiter en France où il exerçait son métier de chercheur et en Italie où il avait ses racines familiales.

Zang expliqua longuement la raison de son appel. Il répondit autant qu'il le pouvait aux questions multiples du professeur. Au bout d'un moment, ce dernier lui avoua que sans ausculter de visu la personne, il lui était quasi impossible de poser un diagnostic sérieux et fiable.

Au bout d'un moment Zang lui fit remarquer qu'en plus, le malade en question ne parlait que le chinois. Ce qui fit rire Guarini au point qu'il s'étouffa et ne put plus parler pendant plusieurs minutes.

« *Excuse-moi Zang parce que la situation n'est pas du tout comique mais ta remarque sur la langue que ton petit protégé autiste pratique était trop drôle. Drôle mais absolument pertinente.* »

Guarini marqua un temps d'arrêt et le silence s'éternisa. Zang toujours calme et patient avait compris le pourquoi de l'hilarité de son ami.

« *Pense-tu qu'il puisse apprendre rapidement l'anglais ?* » finit par demander Guarini.

Même s’il fut très surpris par la question, Zang ne mit pas longtemps à répondre.

« *Je pense d’après ce que l’on m’a dit de ce garçon que c’est tout à fait possible, je te rappelle dans les jours qui viennent* »

CHAPITRE 9

25 octobre 2019

Le premier travail de Zang lorsqu'il raccrocha avec Guarini fut d'appeler Chang Hui.

« *Ballade dans cinq minutes en bas, j'ai du nouveau* »

Le temps pluvieux que ni l'un ni l'autre n'avait particulièrement remarqué durant les dernières journées de travail avait fini par changer. Il faisait à nouveau doux et très ensoleillé en ce début de matinée ce qui correspondait mieux au temps habituel de cette ile de l'extrême sud de la Chine. Ils marchèrent un moment et s'enfoncèrent dans le parc qui descendait doucement vers la mer.

Zang résuma sa démarche auprès de Guarini.

« *Est-ce tu penses que ton frère peut apprendre rapidement l'anglais ?* » demanda-t-il

« *Physiquement, je suis certaine qu'il en est capable. Maintenant, est ce qu'il va le vouloir, c'est une autre question ? Depuis que je lui ai révélé mon existence par internet il y a tout juste un an, nous échangeons par mail tous les dimanches matin. Il m'étonne par ses connaissances, par son intelligence, par sa mémoire phénoménale. Petit à petit, il a pris confiance en moi. Au début, il écrivait une suite de trois mots. Ensuite j'ai eu droit à quelques phrases. Aujourd'hui, cela peut aller jusqu'à une pleine page, voire deux. Il souffre énormément de sa condition et il sait parce qu'il l'a décidé qu'il ne pourra jamais vraiment parler à ses parents. Il ne se sent pas aimé par eux. Je vais le contacter.* »

« *Tu le fais maintenant où tu attends deux jours pour le prochain contact dominical ?* » s'enquit Zang.

« *Je préfère ne rien changer à notre routine, je lui en parlerai Dimanche.* » dit-elle

« *En attendant, peux-tu traduire en anglais vos échanges des deux derniers mois ? Guarini m'a dit que cela permettrait de commencer à le connaitre. Je lui enverrai* »

Ils étaient maintenant sur un long promontoire légèrement incurvé agrémenté de bancs en bois qui dominait l'eau d'une bonne vingtaine de mètres. Un parapet de pierre très bas leur permettait d'admirer la mer et une série de haies taillées avec goût situées de chaque côté délimitait une vaste surface de fin graviers. Personne à l'horizon à cette heure encore matinale.

« *Je t'ai sorti cette nuit les informations que tu m'as demandées sur les trains, pas grand-chose à mon avis. J'ai également pris l'initiative de sortir une analyse sur les avions qui est assez intéressante.* »

« *Merci beaucoup* » répondit Zang qui plissait les yeux à cause de la lumière.

« *Nous devrions venir plus souvent ici, c'est vraiment trop beau* » continua-t-il un peu rêveur.

Pourquoi diable avait-il accepté une mission aussi difficile se répétait-il depuis plusieurs minutes ? N'avait-il pas pêché par orgueil et insouciance en demandant aussi peu d'aide pour un tel travail ?

A la vue de ce petit coin de paradis qui était si loin d'internet et de la géopolitique, une onde de découragement le parcouru soudain.

Chang Hui pendant ce temps s'était assise et elle se laissait caresser par le soleil, la tête légèrement posée en arrière sur le dossier en bois d'un banc.

« *Tu crois que l'on va y arriver ?* » demanda-t-elle

Zang fut très étonné de la question de Chang Hui et il en sursauta légèrement car c'est exactement au mot près ce qu'il se disait dans sa tête à ce moment. Cette convergence complète de leurs émotions le perturba beaucoup plus qu'il ne le laissa paraitre.

« *Allez, on y retourne* » répondit-il après un moment sans la regarder.

Il ne fallait surtout pas laisser place aux doutes et se démobiliser face aux premières difficultés.

Remonté dans sa suite, il regarda les nouvelles données qu'elle lui avait envoyées. Il lui demanda de venir le retrouver et de lui expliquer pour les avions.

« J'ai regardé en détail le système des affectations des pilotes et des équipages et je me suis posée la question : qu'est ce qui est le plus important, l'équipage ou l'avion ? Parce que les avions, sauf avarie et remplacement de dernière minute, j'ai vérifié, ils font toujours le même parcours. C'est très prévisible. Sur les trois derniers mois et sur la vingtaine de liaisons analysées, un seul changement d'appareil pour 47 rotations en moyenne. »

« Pour les pilotes et pour l'équipage, c'est à l'inverse particulièrement difficile d'anticiper. Il y a des congés, des récupérations, des maladies, des aléas familiaux, des échanges au dernier moment entre les employés eux-mêmes. De plus, pour éviter l'établissement de trafics interdits entre provinces, la compagnie change également de façon aléatoire sans prévenir les pilotes et employés d'une ligne à l'autre. Au mieux nous connaitrons les affectations une semaine avant et encore, et il faudrait donc plusieurs candidats transporteurs pour être sûrs d'en avoir un le jour donné. »

Zang après un moment de réflexion approuva

« Tu as complètement raison, c'est l'avion qu'il faut viser. En plus, un avion, ça ne parle pas et la promiscuité est telle que ce que l'on veut transporter sera facile. »

L'excellent travail de Chang Hui lui confirma une fois de plus qu'il y a toujours plus de créativité et d'intelligence à plusieurs que dans une seule tête. Ils avançaient enfin.

CHAPITRE 10

27 octobre 2019

Zang observa avec un peu d'étonnement sa coéquipière qui trainait inexplicablement pour terminer le thé de son petit-déjeuner.

« *Ça va bien ce matin ?* »

« *Non, pas très bien. Je ne sais pas vraiment quoi lui dire tout à l'heure* ».

Chang Hui semblait avoir perdu ses repères. Elle apparaissait d'habitude si froide, si maitresse d'elle-même, si « clinique » dans son métier. Elle se retrouvait là dans une situation inconnue et nouvelle, un univers où l'émotion la submergeait, la déstabilisait.

« *Fait comme d'habitude, sois naturelle. L'ouverture se présentera toute seule. Ne te prend pas la tête pour rien* » insista-t-il

Zang avait connu bien des difficultés et même des drames au cours de sa longue existence mais il n'avait pas vécu dans sa chair l'abandon par ses parents, par sa famille. Difficile donc pour lui de comprendre parfaitement les sentiments de la jeune femme vis-à-vis de ses parents et de ce frère qu'elle n'avait jamais rencontré que par internet.

Ses parents à lui étaient des paysans très pauvres, ni éduqués, ni cultivés, mais il avait néanmoins reçu son quota d'amour. Ils l'avaient entouré et formé au mieux de leurs possibilités. De plus, il avait été enfant unique. Tout cela ne l'aidait pas à cerner complètement la relation ambiguë et originale que Chang Hui avait manifestement développée avec son frère.

« *Tu viens avec moi pour ce contact ?*» demanda-t-elle.

Ils remontèrent dans sa chambre.

Le bruit caractéristique sur l'ordinateur signala l'arrivée du mail attendu :

« Bonjour Hua ».

Chang Hui fit un signe à Zang qui était en train de consulter ses travaux sur les avions.

« *C'est lui* »

Zang vint se placer derrière l'écran un peu en retrait.

« Bonjour Puyo, je suis heureuse de te parler »

« Moi aussi » répondit le jeune homme.

« Est-ce que tu as bien travaillé sur la pâtisserie cette semaine ? »

« *C'est le sujet qu'il m'avait dit vouloir travailler* » précisa-t-elle pour Zang

« Oui, je sais maintenant faire une trentaine de gâteaux différents »

« Est-ce que tu as essayé d'en faire un ? »

« Non car il n'y a pas tous les ingrédients dans la maison ».

Puyo, son frère, avait manifestement décidé de ne pas demander quoi que ce soit à ses parents et chacun de ses engouements pour une activité restait quasi systématiquement à l'état virtuel. Cela semblait pour Chang Hui une situation incroyable et absurde mais pourtant, inconsciemment, à défaut de l'approuver, elle le comprenait.

Zang n'avait pas posé directement la question mais il avait cru comprendre que Puyo n'avait probablement jamais parlé à ses parents. Il s'était petit à petit enfermé dans un autisme quasi total, son seul lien avec le monde extérieur et sa sœur passant par sa connexion internet.

« Tu connais le pays qui a inventé le plus de gâteaux ? »

« C'est la Chine ? »

« Non »

« C'est en Europe ? »

« Oui en Europe, en France plus précisément. Ça te plairait d'y aller un jour ? »

Chang Hui pour la première fois lui parlait de quitter sa maison, ce qui voulait probablement aussi dire quitter son bureau et sa connexion internet, quitter son équilibre actuel, son confort.

« Je ne sais pas » répondit Puyo après un grand moment de silence.

« Pourquoi tu me demandes ? » ajouta-t-il

« Je vais sans doute faire un voyage dans ce pays un jour » répondit Chang Hui.

Ils attendirent encore un très long moment.

« *Je suis peut-être allée trop vite* » remarqua Chang Hui en se tournant vers Zang.

« *Pourquoi t-a-t-il appelée Hua tout à l'heure ?* » chuchota Zang

« *C'est le nom que je lui ai donné au début de nos échanges. Un réflexe habituel de protection et de cloisonnement* »

« Tout cela me fait peur Hua »

« Je te comprends Puyo, moi aussi j'ai eu peur la première fois que j'ai quitté ma maison »

Chang Hui sentit qu'il fallait enchainer.

« Pour mon premier voyage, j'ai eu la chance de le faire avec quelqu'un que j'aimais beaucoup, et que j'aime toujours. Cela m'a permis de ne pas avoir peur »

La réponse prit à nouveau beaucoup de temps

« A part toi je ne connais personne »

« C'est quoi aimer ? » enchaina-t-il

Chang Hui se sentit épuisée par ce dialogue qui ne tenait qu'à un fil et qu'elle avait tant de mal à maitriser. Quoi lui répondre à sa dernière question ?

Elle jeta à nouveau un œil derrière elle, quêtant de l'aide.

« *Parle lui de l'anglais* » chuchota Zang comme si l'ordinateur pouvait l'entendre.

« Je connais peut-être un moyen de voyager sans bouger » lança Chang Hui.

« Ah oui ? »

« Puyo, tu sais que nous utilisons un langage pour échanger aujourd'hui »

« Oui, le chinois, le mandarin plus exactement »

« Il existe beaucoup d'autres langages dans les autres pays du monde mais il y en a un qui est pratiqué par le monde entier, une sorte de langage universel, cela s'appelle l'anglais »

Après un moment d'attente, comme Puyo ne relançait pas l'échange, Chang Hui pensa qu'il fallait peut-être changer de sujet.

« Quel va être ton sujet d'étude dans la semaine qui vient ? »

« L'anglais » répondit immédiatement son frère.

Elle se retourna vers Zang avec un large sourire et une larme au coin de chaque œil. D'un seul coup, elle eut l'impression de mieux respirer, que la lourdeur diffuse qu'elle portait dans sa tête depuis qu'elle était levée le matin venait de s'envoler. Ce dernier leva ses deux pouces en signe de victoire.

« Si tu veux que je t'aide, dis-moi »

« Non merci c'est bon. Je te quitte car j'ai du travail »

CHAPITRE 11

27 octobre 2019

Zang avait laissé Chang Hui épuisée après l'échange avec son frère. Elle lui avait néanmoins envoyé deux heures plus tard une traduction en anglais des huit derniers échanges dominicaux avec son frère, échanges qu'il avait immédiatement envoyés à Guarini. Peut-être que l'expert pointu qu'il était en tirerait quelque chose.

Prenant une feuille de papier, il nota ce qu'il devrait faire dans les semaines à venir.

D'abord solidifier et finaliser la partie « logistique » du projet. Il savait maintenant que les avions étaient la meilleure solution et que ces derniers seraient autant de messagers muets. Il fallait en faire une liste précise compte tenu des différents objectifs et définir comment entrer la marchandise à l'intérieur.

Ensuite, il lui fallait des papiers « en règle » pour Puyo de façon à lui permettre le cas échéant de voyager.

Enfin, il lui faudrait dénicher le moyen de trouver la marchandise. Il avait gardé ce travail pour la toute fin car il fallait que celui ou celle qui lui fournirait n'ai pas des jours et des jours pour réfléchir. Cela devrait se faire dans l'urgence. Dans une urgence qu'il lui faudrait provoquer. Vaste programme !

En bas de son papier, il nota aussi de retrouver la dépêche qui lui avait ouvert les yeux. Il y avait là un nom, un fil à tirer.

Zang décida de rappeler son ami Kicha. Un dimanche, il serait probablement chez lui, sans les écoutes systématiques des services de sécurité de la présidence. Lui demander des renseignements sur quelqu'un avec lequel il devait travailler était une chose. Là, ce qu'il allait lui demander l'était beaucoup moins.

« *Salut mon ami* » démarra Zang.

« *Est-ce que l'on peut se parler du bon vieux temps ?* »

Kicha compris immédiatement le message.

« *Tu trouvas dans ta boite aux lettres un nouveau lien* » Et il raccrocha.

Zang ouvrit rapidement son ordinateur et trouva le numéro d'un téléphone qu'il ne connaissait pas. Lui-même utilisait un nouveau téléphone parfaitement anonyme que Chang Hui avait amené avec elle parmi tout un tas d'autres outils.

« *J'ai besoin d'avoir un passeport pour le fils d'un ami qui est résident de Macao. C'est quelqu'un qui est très malade et qui souhaite se faire soigner aux USA* »

« *Pour une utilisation répétée* » demanda Kicha qui ne demanda pas pourquoi cette personne ne pouvait pas se faire soigner chez eux. Zang lui dirait peut-être un jour si cela devait s'avérer utile.

« *Non, a priori c'est pour un seul voyage* »

Kicha prit le temps de réfléchir.

« *Le faire officiellement va demander du temps et une enquête approfondie car tu connais le statut particulier de ce territoire, statut pour l'instant beaucoup plus favorable pour les voyages que celui du chinois moyen. Même si je mets mon poids dans la balance ou peut-être même à cause d'une demande venant de Pékin, cela sera long* ». Développa-t-il

« *Je n'ai pas le temps et je ne veux pas d'enquête* » confirma Zang.

« *Alors avec le même lien que tout à l'heure, je vais te donner le nom du meilleur faussaire de Macao. Il réalise un boulot très sérieux et fait en réalité partie de notre réseau d'informateurs. Quand il y a un gros poisson qui fait appel à ses services, il nous prévient. Quand c'est du menu fretin, nous fermons les yeux. Tu trouveras le code à utiliser avec lui et aussi le prix habituel d'un tel document* » précisa-t-il.

« *Merci Kicha, je te revaudrai cela* »

Une fois la communication coupée, Zang sentit également la fatigue l'envahir. Faire un voyage à Macao ne l'enchantait guère. Peut-être pourrait-il sous-traiter cette corvée à Chang Hui ? Après tout c'était pour elle. Il lui suffirait de lui octroyer deux jours de repos afin de visiter les lieux où elle avait été élevée. Il lui en parlerait le lendemain.

Il décida de faire une longue marche dans le parc avant d'attendre tranquillement le repas du soir. Son dimanche avait été bien occupé et plutôt productif.

Au moment où il rentrait, il se fit la réflexion que face à un faussaire par définition retord, elle risquait de ne pas faire le poids. En plus c'était une femme et il ne pouvait pas se départir de son préjugé habituel de faiblesse vis-à-vis de l'autre sexe. Non, il fallait vraiment qu'il le fasse lui-même.

En plus, il pourrait évaluer l'environnement de l'aéroport en situation réelle. Aller sur le terrain l'aiderait pour trouver comment faire de façon opérationnelle.

Enfin, même si Macao ne posait pas aujourd'hui de problème au pouvoir central, c'était aussi une cible, ce que sa coéquipière ignorait bien sûr.

Repassant dans sa tête les questions encore en suspens pour le côté avions, il décida de téléphoner à sa fille. Après les mots tendres qu'ils avaient l'habitude d'échanger, il lui demanda de lui passer son mari.

Il interrogea alors ce dernier sur toute la logistique qui d'une façon générale précédait immédiatement le départ physique d'un avion. Le plein de carburant, la mise à bord de l'équipage, le ravitaillement en nourritures, boissons et fournitures diverses, la mise à bord des bagages en soute, la mise à bord des passagers, le contrôle de la liste du personnel et des passagers, la pulvérisation éventuelle d'insecticide, l'aide éventuelle pour les personnes à mobilité réduite, le cordon ombilical de l'avion avec le tarmac apportant liaison de communication et énergie électrique jusqu'au dernier moment.

Toutes ces procédures, lui dit son gendre, étaient décrites dans un manuel IATA très détaillé de plusieurs milliers de pages en anglais et les aéroports chinois les appliquaient toutes sans déroger. Ils ajoutaient parfois un contrôle supplémentaire particulier de cohérence entre les visages des passagers sur la passerelle d'accès et les visages enregistrés auparavant dans leurs bases de données. Pour déjouer au cas où l'intrusion dans l'avion de personnes suspectes. Très officiellement, la reconnaissance faciale jouait à plein son rôle de prévention.

Il remercia son interlocuteur et souhaita à sa famille une bonne soirée. Il commençait à avoir une petite idée du bon moyen de mettre ce qu'il souhaitait dans les avions.

Avions qui propageraient ensuite son tsunami.

CHAPITRE 12

2 novembre 2019

« *Viens voir vite, dépêche-toi* ».

Zang reposa rapidement le tas de papiers qu'il était en train de ranger. Il se précipita à la suite de Chang Hui qui s'était rassise devant son écran.

« How you are Hua ? »

« *Il vient de m'écrire en anglais !* »

Chang Hui était carrément hystérique. Elle en tremblait.

« *Bon d'accord, la phrase n'est pas complètement dans le bon ordre mais c'est fou !* »

« *Ne le fait pas attendre, répond lui* » ordonna Zang.

Chang Hui s'essuya les yeux.

« *En anglais ?* »

« *Bien sûr mais avec des phrases courtes* »

La jeune femme enchaina avec son frère pendant de longues minutes. Elle rayonnait. En moins d'une semaine, le garçon avait digéré un nouvel alphabet, une centaine de mots courants d'anglais et un rudiment de grammaire ! les échanges restaient bien évidemment très basiques et ils étaient encore loin de parler philosophie ou émotions.

Elle se rendit compte aussi qu'il s'était connecté un samedi, une entorse à la relation bien organisée de leur année passée. Elle était bien incapable d'en comprendre la raison, si tant est qu'il n'y en eut une.

Zang lui souffla de mettre un terme assez vite car il voyait la difficulté des deux de parler et de se comprendre avec uniquement des mots simples. Ils se renvoyaient les mêmes banalités.

« C'est formidable Puyo, continue sur l'anglais. A demain »

Elle doubla cette dernière phrase en chinois de façon à être sure qu'il comprenne bien.

« *Comment le Professeur Guarini a-t-il su ou même imaginé que cela était possible ? Et que va-t-il demander maintenant ? A bien y réfléchir, c'est incroyable cette situation. Je vais bien sûr l'informer très* vite. » dit Zang

Il avait averti la jeune femme le matin même qu'il lui faudrait faire un déplacement à Macao. Continuant sur le registre de la confiance, il lui avait expliqué qu'il avait trouvé un moyen d'obtenir un passeport pour son frère mais qu'évidemment il lui fallait une photo d'identité. Cela serait le prochain objectif de Chang Hui lorsqu'elle reparlerait avec lui.

« *Ce serait bien que tu me fasses faire aussi un passeport car une fois cette mission terminée, j'aurais peut-être envie d'autre chose* » ajouta-t-elle

Zang fixa longuement la jeune femme avant de répondre.

« *Tu veux dire que tu quitterais définitivement la Chine ?* » demanda Zang un peu étonné.

« *Cela dépend de mon frère, … et de toi bien sûr. Pour ce qui concerne mon job actuel, depuis quatre ans, je peux dire que j'ai en fait le tour et je ne me vois pas devenir directrice de je ne sais quoi. C'est sur le terrain que je m'éclate. Avec des projets bizarres et nouveaux comme le tien. Je souhaite vraiment découvrir de nouveaux horizons et de nouvelles opportunités. Je peux sans doute intéresser des grandes sociétés internationales, ou faire complètement autre chose.* » répondit-elle

« *La Chine peut sans doute aussi te proposer une évolution intéressante et enrichissante* » insista-t-il.

Zang ne croyait pas lui-même à ce qu'il disait mais il ne voulait pas donner l'impression qu'il ne défendait pas son pays même si une disparition définitive de la jeune femme à l'étranger pouvait constituer une vraie solution et lui enlever une sacrée épine du pied. A condition que personne ne la cherche et ne la trouve bien sûr…

« *Je n'y crois pas une seconde. Tous services confondus, nous sommes un peu plus de six cents professionnels de mon niveau dont moins de dix femmes ! Tous les jours il y a de nouveaux arrivants. Je me suis même posée la question quand le grand patron m'a confié cette mission : est-ce qu'il n'aurait pas envie que je sorte de son service ? »*

Tous deux restèrent un moment sans parler. Zang découvrait petit à petit derrière la professionnelle la véritable personnalité de Chang Hui. Très fine et intelligente. Elle avait probablement raison sur la difficulté pour elle de continuer dans un monde presque exclusivement masculin. Surtout en Chine.

« *Tu sais que je ne ferai jamais rien contre Macao et la Chine qui m'ont permis d'être ce que je suis. Mais cette mission est un signe. Comme l'ordinateur que j'avais gagné pour l'anniversaire de mes huit ans. C'est un signe, il faut que je bouge.* » précisa-t-elle

« *Mais tu as déjà un passeport !* » s'étonna Zang

« *Oublie. Ce passeport est un passeport Chinois qui m'oblige à solliciter un accord pour voyager. Je veux un passeport de Macao* »

« *Mais ton visage est sans doute déjà enregistré et tu seras reconnue en cas de départ* » rétorqua Zang

Chang Hui le regarda avec un large sourire.

« *Tu peux donc faire disparaitre ce passeport ?* » continua Zang en la voyant rieuse.

« *Surtout pas car cela laisserait une trace. J'ai travaillé il y a deux ans sur cette base de donnée, je la connais bien. Je me contenterai de faire certaines modifications de ma photo – ce qui est prévu pour actualiser les données lorsque les gens modifient leur visage – cela suffira pour tromper le logiciel de reconnaissance faciale* »

Chang Hui était allée jusqu'au bout des questionnements de son vis-à-vis et elle attendit patiemment une nouvelle réaction.

« *Alors ce serait un départ sans retour* » marmonna-t-il autant pour elle que pour lui.

« *Uniquement si tu en est d'accord bien sûr, et si je peux avoir un passeport avec un nouveau nom* » conclut-elle

Zang se passa la main sur le visage, à bout d'arguments.

« *Bon, j'ai besoin de réfléchir tranquillement à tout cela. Donne-moi une photo en même temps que celle de ton frère* »

CHAPITRE 13

9 novembre 2019

Cela faisait presque une semaine que Zang courait après le professeur Guarini. Pendant ce temps, Puyo améliorait de jour en jour son anglais et Chang Hui n'avait toujours pas demandé de lui confier une photo. En réalité, elle procrastinait sans cesse de peur de l'effrayer.

Du point de vue de Zang, cette situation était très délicate voire explosive à terme car à chaque repas Chang Hui lui racontait son rêve d'emmener son frère au bout du monde, de le guérir grâce à Guarini et de refaire leurs deux vies loin de la Chine. Ce qu'il comprenait très bien (et l'arrangeait grandement) tout en étant un peu chagrin en tant que pur Chinois. Après tout, son pays lui avait quand même donné une éducation et une vraie chance de s'épanouir.

Puyo de son côté vivait une sorte de conte de fée avec une sœur tombée du ciel qui lui permettait par ses sollicitations diverses d'accéder à une vie virtuelle intéressante et très variée sans quitter le confort d'un cocon dont il n'était jamais sorti.

Zang avait déjà échangé avec Chang Hui sur ce grand écart qui l'inquiétait, sans vraiment ébranler la vision optimiste de la jeune femme.

Les échanges avec son frère étaient de plus en plus longs et riches mais ils n'avaient encore ni l'un ni l'autre allumé la caméra de leur ordinateur !

Le diner du soir fut une fois de plus l'occasion de faire le point sur leurs travaux.

« *Je crois que j'ai trouvé le moyen de disséminer notre produit.* » indiqua Zang à sa compagne.

« *Vas-y, raconte* »

« *En analysant les procédures liées aux départs des avions, il y a de façon optionnelle suivant les saisons une pulvérisation d'insecticide. Nous allons pulvériser notre produit dans certains avions. Je vais te donner les trois aéroports concernés et les onze lignes régulières que j'ai choisies et ensuite tu identifieras quels services ou sociétés s'occupent de cela, la forme des produits, qui donne les instructions et quand. Enfin, tout quoi, toute la chaine de commandement et toute la chaine physique depuis le conditionneur du produit jusqu'à son utilisation.* »

Zang lui tendit un papier plié avec une liste des aéroports et des lignes.

Chang Hui écoutait attentivement. Ils venaient de rentrer dans une phase active qui ravivait fortement sa curiosité. Elle jeta un œil sur le papier et ne put s'empêcher de réagir.

« *Pourquoi Macao ?* »

« *C'est un gros point d'entrée et de sortie des Taïwanais au même titre que Hong Kong. Peut-être même plus important en nombre de visiteurs car les différents casinos de ce territoire les attirent beaucoup…* » répondit Zang qui s'attendait à la question

« OK j'ai compris pour Hong Kong et Macao mais *pourquoi le troisième ?* » ajouta-t-elle

« *Parce ce que je crois pourvoir trouver mon produit dans cette ville* »

Chang Hui fit une moue indiquant qu'elle avait compris. Elle attendait peut-être une précision mais elle n'insista pas.

« *Au moment opportun, il faudra à nouveau rentrer dans les serveurs de tous les gens concernés et lancer l'opération avec un protocole strictement identique à leurs habitudes. Nous n'aurons alors qu'à envoyer quelques produits remplis. Il faudra bien sûr s'en faire envoyer avant afin d'en substituer le contenu.* »

Chang Hui hocha la tête avec un petit sourire

« *Chapeau, c'est très malin, je m'y mets demain.* » admira-t-elle

« En fait, ce *n'était pas du tout mon idée de départ mais depuis que tu m'as convaincu qu'il fallait passer par les avions, j'ai cherché le meilleur moyen de mettre le produit à bord.* » ajouta Zang

« *Non, rien à redire, c'est vraiment parfait* »

Le thé expédié, Zang tira sa chaise et se leva.

« Je vais encore essayer d'avoir Guarini cette nuit. N'oublie pas qu'il me faut des photos si tu veux tes passeports »

« Je sais, je sais. Je vais suivre tes conseils et ce soir, je vais proposer à Puyo d'ouvrir ma caméra »

Zang la regarda remonter dans sa chambre en espérant qu'elle le fasse vraiment.

Il hésitait à faire quelques pas dans la nuit déjà tombée lorsque la réception l'informa qu'il avait un appel international. Il remonta promptement dans son appartement.

Le professeur Guarini était très excité et roulait les R encore plus que la dernière fois. Il avait bien reçu tous les éléments envoyés par Zang et l'en avait remercié.

« Dans toute ma carrière, je n'ai eu jusqu'alors qu'une petite dizaine de cas identiques à celui de votre jeune garçon. Le dernier il y a environ trois ans. » expliqua-t-il

« Un cas qui s'était terminé par une très grande amélioration. On pourrait même dire une vie pratiquement normale. C'était un jeune chrétien d'Orient de onze ans dont la famille avait été chassée de son pays et qui avait été accueillie en France. Cela m'avait demandé quelques mois de traitement à raison d'un rendez-vous par semaine. »

« Le problème ici est la distance. » ajouta-t-il en poursuivant sa pensée sans même que Zang n'ai besoin de le relancer.

« *Un traitement à distance via internet te parait-il possible ?*» demanda Zang

« *Je ne sais pas car je ne l'ai jamais fait. Peut-être. Mais tu sais que le langage corporel est au moins aussi important que la parole si ce n'est plus. Et là, avec une caméra ne montrant que le visage, c'est pas gagné* »

Zang ne put s'empêcher de poser la question qui le taquinait depuis leur dernier échange :

« *Pourquoi l'as-tu amené à apprendre l'anglais ?* »

« *Ah oui l'anglais. C'est très simple en fait. Certains autistes, pas tous, considèrent que la langue avec laquelle on communique avec eux matérialise la situation qu'ils rejettent. Que continuer à vouloir leur parler ainsi les fait poursuivre dans une même impasse. D'où leur refus, refus qui n'est pas toujours conscient d'ailleurs. En prenant un autre véhicule de communication, on change les règles, on prend une autre voie, on oublie le cadre rejeté et parfois, cela débloque les choses. C'est pour cette raison que certains autistes dessinent merveilleusement, que d'autres sont férus de chiffres...Autant d'autres façons de communiquer. D'autant plus que l'anglais est assez facile à apprendre. Tu comprends ?* »

Zang était loin d'être sûr d'avoir tout compris mais il acquiesça.

« *Que fait-on maintenant ?* » demanda-t-il à Guarini

« Laisse murir le contact avec sa sœur et organise-moi un contact visuel avec elle semaine prochaine même jour et même heure »

CHAPITRE 14

15 novembre 2019

« *Il est mignon, non ?* » s'extasia Chang Hui

Zang la regarda avec un certain attendrissement. Ce n'est pas un frère qu'elle avait retrouvé mais quasiment un enfant.

L'important à ses yeux est qu'il avait enfin cette fichue photo. Dès la fin du petit déjeuner, il prendrait les billets pour Macao.

La veille, ils avaient reçu une centaine de flacons d'insecticide et cela avait mis un terme final à la préparation de la partie logistique. Tout était maintenant bien verrouillé de ce côté. Zang avait été bluffé par l'habilité de Chang Hui qui, après avoir compris comment fonctionnait chacun des acteurs, avait envoyé des instructions parfaitement logiques pour ceux qui les recevaient. Officiellement, les flacons reçus dans une boite postale inventée la veille étaient destinés à l'administration centrale de la santé pour un contrôle. Qui en Chine discuterait ce type d'ordre ?

Chang Hui avait même déjà préparé toute la chaine de mail qu'il faudrait envoyer lorsqu'ils auraient les produits correctement remplis et que l'ordre d'y aller serait donné. Elle surveillait également tous les jours les éventuels changements d'interlocuteurs.

Ils avaient aussi démarré la partie produit. Zang avait montré à Chang Hui la dépêche qui lui avait ouvert les yeux. Sur le coup, elle avait montré une certaine réticence. Il avait un peu anticipé cette réaction et c'est pour cette raison qu'il avait gardé ce travail dans les tout derniers jours et il se félicitait maintenant du contrat moral qu'il avait passé avec elle pour la guérison de son frère.

Cela la liait au projet beaucoup mieux que tout autre contrainte. Mais cela ne l'empêchait pas de discuter ses demandes et au final cela ne le gênait pas. En lisant la dépêche envoyée en haut lieu, elle avait immédiatement compris.

« *Ça ne t'empêche pas de dormir d'imaginer que nous allons faire mourir des Chinois ?* » avait-elle demandé.

« *Nous allons les rendre malades mais rien ne dit qu'il y aura des victimes* » avait répondu Zang.

« *Depuis l'alerte du docteur Xyan, ils ont probablement fait d'énormes progrès dans la prise en charge de cette nouvelle maladie. Les hôpitaux chinois sont très forts tu le sais et ils sont probablement maintenant bien préparés à faire face alors que ceux de Taiwan ne sont même pas au courant du problème. C'est ça l'intérêt.* » avait argumenté Zang.

« *Les morts éventuels ne seront que chez eux* » ajouta-t-il avec aplomb.

La ficelle était grosse mais Chang Hui avait tout de même fini par acquiescer car tout ce qui visait à affaiblir le régime de Taïwan était partagé par l'immense majorité des chinois « continentaux ». Propagande oblige. Et ceci dès l'école maternelle. Taïwan était une province chinoise. Point.

Le diner qui avait suivi avait toutefois été remarquable par ses silences. Zang avait délibérément orienté les quelques échanges sur Puyo mais manifestement, la pilule avait du mal à passer.

Le lendemain matin, Chang Hui avait retrouvé son allant habituel. Elle s'était immédiatement introduite dans l'ordinateur du docteur Xyan et elle avait tracé sans difficulté les éléments qui avaient permis à cette épidémiologiste de la province du Hubei de lancer une alerte confidentielle en haut lieu. Elle avait trouvé l'hôpital et le laboratoire concernés ainsi que le rapport complet sur cette maladie.

Le virus en question était identifié comme une grippe, avec une contagiosité plutôt élevée mais une mortalité relativement faible. L'incident non encore vraiment expliqué au moment de la rédaction du rapport faisait état de trois cent soixante-huit contaminations prouvées, soixante-treize hospitalisations dont quinze avec réanimation et quatre morts. Les hospitalisés étaient à 87,5% des individus âgés de plus de soixante-dix ans et les quatre morts avaient en moyenne quatre-vingt-un ans.

Le rapport indiquait en conclusion que grâce au traçage systématique de chaque cas, l'épidémie avait été rapidement circonscrite mais que ce même traçage montrait que chaque malade avait pu contaminer très rapidement d'autres personnes, beaucoup plus et plus vite en tout cas qu'une grippe hivernale habituelle. Toujours au moment du rapport, l'analyse génétique du virus avait été faite.

Zang et Chang Hui avaient sous les yeux des courbes et des tableaux sensés compléter le rapport mais il aurait fallu être médecin de formation pour tout décoder.

« *Regarde si ce rapport a fait l'objet d'un suivi et surtout s'ils ont trouvé d'où venait cette grippe* » décida Zang

Change Hui toqua à la porte de Zang en milieu d'après-midi.

« *L'enquête diligentée par le docteur Xyan fait état d'une contamination probable à cause d'une anomalie dans la désinfection d'un opérateur du laboratoire de classe P4. Cet opérateur a été identifié comme le premier contaminé mais ils ne savent pas vraiment comment le virus a pu sortir. Il est indiqué que les procédures ont été renforcées dans la semaine qui a suivi l'enquête* » répondit Chang Hui

« *Qu'est devenu cet opérateur* » demanda Zang

« *Il travaille toujours dans l'hôpital mais ne fait plus partie des services du laboratoire P4. Pour être très franche, peu de choses ont été écrites donc soit le sujet doit être plus sensible qu'indiqué, soit c'est un problème mineur. La mutation de l'opérateur fait simplement état d'un retour dans une autre équipe après sa courte maladie.* » répondit Chang Hui

« *Combien y-a-t-il de médecins dans ce laboratoire P4* »

Chang Hui eu besoin de presque deux heures pour répondre à la question car le réseau du laboratoire en question avait une protection supplémentaire qu'il lui fallut contourner.

« *D'après le registre officiel à fin septembre, quatre-vingt-dix-huit titulaires et neuf stagiaires* »

Zang s'était légèrement assoupi pendant qu'elle pianotait sur son clavier. Il avait besoin de souffler après deux journées très intenses. L'arrêt du cliquetis l'éveilla.

« *Tu disais ?* »

« *98 titulaires et 9 stagiaires* »

« *OK, tu vas me sortir tout ce que tu peux trouver sur ces cent sept individus. Leurs comptes, leur famille, leurs addictions, leurs activités hors travail, leur appartenance au parti ou à un groupe de pensée, leur parentèle, tout ce que tu peux* »

« Et n'oublie pas que d*emain matin à six heures nous partons pour Macao. Ce soir, diner et dodo tôt* » conclut Zang

CHAPITRE 15

17 novembre 2019

Zang se pencha sur le hublot et regarda Macao qui s'étalait à droite de l'avion. Le temps était clair en cette matinée d'automne et il put voir distinctement les imposants hôtels casinos modernes et la très haute tour panoramique de ce territoire si particulier.

Sa seule visite dans cette ville remontait à 1989 ou 1990 il ne savait plus exactement. Il était venu alors par la mer et il pouvait donc difficilement comparer avec la vue d'avion d'aujourd'hui. De plus, il savait que le territoire avait régulièrement gagné en surface depuis trente ans et qu'à part le centre historique, il ne reconnaitrait plus grand-chose.

Il avait fait ce premier voyage hors de Chine – Macao était alors colonie portugaise – à partir de Canton en bateau afin de visiter la Rivière des Perles, Macao, Hong Kong et bien sûr Canton, la capitale du sud de la Chine de cette époque.

Ce qui l'avait beaucoup marqué était le fait que la majorité des habitants de Macao vivaient autrement et parlaient une langue différente alors même qu'ils ressemblaient au Chinois qu'il était. Des chinois étrangers en quelque sorte. Il avait aussi été étonné par le bruit et l'animation des nombreux casinos – Macao, l'Enfer du Jeu – qui déjà à ce moment constituaient une des industries importantes de la ville.

Malgré l'immense envie qu'elle avait de retourner sur la terre de son enfance, Chang Hui était finalement restée travailler à leur hôtel car elle ne serait d'aucun secours chez le faussaire. Elle avait passé une partie de la nuit à compiler des informations sur les médecins et elle estimait avoir encore une journée complète de travail avant de tout récupérer.

Zang avait pris rendez-vous la veille avec le faussaire Mong Li et il savait que celui-ci aurait besoin de deux heures pour créer les passeports.

Chang Hui s'était donnée une nouvelle identité et elle avait choisi le même patronyme pour son frère. Elle avait chargé à distance ces deux identités dans la base de données qui gérait l'Etat Civil du territoire de Macao. Zang restait toujours absolument admiratif du talent incroyable de la jeune femme qui se jouait des pare-feu et autres systèmes de sécurité protégeant les réseaux.

Le taxi qu'il prit à la sortie de l'aéroport l'emmena dans la Freguesia de Fatima. La circulation était intense mais étonnement fluide. Mong Li tenait une boutique d'achat et de vente d'or dans une petite rue piétonne proche de l'église de ce vieux quartier.

Arrivé en vue du magasin, Zang chaussa une paire de lunettes, mis un bonnet pour cacher ses cheveux blancs et il ajusta un masque sur son visage comme s'il était malade. Au cas où, il ne tenait pas spécialement à ce que le faussaire puisse le décrire précisément un jour.

La boutique avait un sas d'entrée sécurisé. Il donna un nom qui était le code que lui avait donné Kicha :

« *Monsieur TAO* »

Après l'avoir accueilli, le faussaire l'invita à entrer dans un box isolé de la pièce principale.

« *Eteignez les caméras et enregistreurs* » demanda Zang sans bouger.

Mong Li resta un court moment à réfléchir en le dévisageant. Comme la demande de passeports était avalisée par les gens « d'en haut », il obtempéra et alla derrière la caisse pour tourner quelques boutons.

Zang le suivit alors et lui donna les deux photos, deux extraits de naissances imprimés par Chang Hui et une clé USB avec les données biométriques de chacun.

« *J'avais cru comprendre qu'il n'y avait qu'un seul passeport* » objecta Mong Li

« *Vous aviez mal compris* » rétorqua Zang en posant ostensiblement sur la table trois fois le prix unitaire indiqué par Kicha.

« *Revenez à 14h* » conclut le faussaire en ramassant l'argent.

Sorti dans la rue, Zang retourna vers l'endroit où le taxi l'avait déposé. Il trouva un panneau d'orientation du centre historique et se dirigea alors tranquillement vers la cathédrale de la Sé.

Il se souvenait parfaitement de cette église austère qui les avait conquis sa femme et lui trente ans plus tôt. Elle n'était ni grande ni très belle mais il y avait retrouvé le même calme que dans les rares temples bouddhistes rescapés de son enfance. Il avait surtout été ébloui par des vitraux incroyables, pièces d'art complètement inconnues pour lui à ce moment.

Sur le chemin, il grignota quelques poulpes grillés achetés à un vendeur ambulant. L'église était là, massive avec ses deux tours carrées, conforme à son souvenir. Il entra et en fit le tour, avec les yeux du grand voyageur qu'il était devenu.

Les vitraux n'avaient rien perdu de leur splendeur mais ils lui apparurent un peu étriqués, plus petits que dans son souvenir. Il se fit la réflexion déjà maintes fois vérifiée qu'il ne fallait jamais revoir quelque chose qui vous avait trop ébloui étant jeune, que tout est relatif par rapport à ce que l'on connait. La perception change parfois radicalement en fonction du vécu de la personne.

Après un moment de méditation, il reprit le chemin de Mong Li. Le faussaire n'était pas là mais une enveloppe à son nom était prête. Il feuilleta les deux passeports portugais qui lui parurent vraiment très bien faits. Mong Li n'avait pas oublié d'indiquer sur chacun par un tampon qu'ils sortaient ce même jour de Macao vers la Chine. Ce qui leur permettrait de faire le chemin inverse le jour venu.

Il chercha un taxi pour le conduire à l'aéroport. Il y achèterait des portables prépayés que Chang Hui lui avait demandé de ramener. Un seul par magasin pas plus pour les deux échoppes qu'il avait repérées le matin en arrivant. La jeune femme en avait demandé pour remplacer ceux qu'elle avait emmenés et qui étaient connus de son service et susceptibles d'être repérés et écoutés. Il prépara bonnet, masque et lunettes pour faire ces achats incognito.

Dans moins de deux heures il serait dans l'avion du retour. Il venait de boucler une nouvelle partie de son plan.

CHAPITRE 16

18 novembre 2019

Complètement épuisé par une longue journée devant son écran, Zang repoussa sa chaise en s'étirant, passablement écœuré. Rien à ressortir de toutes les informations soigneusement épluchées depuis le matin.

Sa coéquipière ne valait guère mieux. Elle avait sorti une grande partie des dossiers demandés pendant le voyage de Zang à Macao et elle avait seulement terminé son travail de fourmi quelques heures plus tôt.

Les comptes bancaires, les enfants, le volet judiciaire et citoyen, l'autoentreprise éventuelle exercée en plus, les voyages plutôt nombreux, l'addiction aux jeux, rien n'avait vraiment attiré son attention. Tout juste avait-il repéré deux toxicomanes, quatre joueurs de casinos vraiment très accrocs et un bon pourcentage de buveurs d'alcool. Ce tour d'horizon ne lui apporta pas de réponse immédiate et cela eut le don de l'agacer.

« *Les seules vraies anomalies concernent des addictions et je ne peux pas me fier à ce type de personne qui ferait ou dirait n'importe quoi pour un shoot, une liasse de billets ou une caisse de vieux cognac.* » indiqua Zang en reposant sur son clavier les listes que lui avait imprimées Chang Hui

« *Je regarderai tout cela une nouvelle fois après une bonne nuit de sommeil* » ajouta-t-il

« *Qu'est-ce qu'on a pu louper ?* » enchaina-t-il à l'attention de la jeune femme

« *Peut-être faut-il creuser sur d'autres aspects de leur profil ?* » répondit Chang Hui

« *A quoi penses-tu ?* » demanda Zang

« *Les opinions politiques actuelles et passées ? l'appartenance à un groupe de pensée, à un groupe de jeux ? L'activité sur les réseaux sociaux ?* » suggéra-t-elle.

« *Peut-être aussi une parentèle issue d'une région sinisée de force comme le Tibet ?* » ajouta-t-elle

Zang n'eut même pas l'envie ni l'énergie de contester la dernière remarque de Chang Hui. Pour lui, comme pour tous les « vrais » chinois continentaux d'ailleurs, le Tibet avait toujours été chinois et le fait qu'il soit revenu depuis la fin de la deuxième guerre mondiale dans le giron de son pays n'était que pure justice. L'intermède malheureux de la première partie du 20ème siècle n'était dû qu'à la faiblesse extrême du gouvernement de la Chine d'alors. La suzeraineté de la Chine sur le Tibet était attestée par tous les historiens sérieux depuis le XIIème siècle et elle n'avait jamais vraiment été contestée. C'est en tout cas ce qu'il avait appris à l'école.

« *Pourquoi pas. De toute façon, il faut continuer à creuser car là, je n'ai pas de fil à tirer.* » répondit-il

« *Je vais regarder dès demain matin. Ce soir, je ne peux plus.* » indiqua Chang Hui

« *Allons diner cela va nous redonner quelques forces car après, je te rappelle nous avons le Professeur Guarini à appeler* » conclut Zang en se levant.

La salle de leur restaurant habituel était quasiment pleine et plus bruyante que les jours d'avant. C'était le résultat d'un afflux de touristes russes arrivés dans la journée. L'ile où ils séjournaient s'ouvrait depuis quelques années au tourisme et après les chinois du nord, quelques autres nationalités – Russes, Coréens et Mongoliens principalement - venaient profiter du climat exceptionnel de l'endroit.

Ils durent manger en silence faute d'avoir l'intimité nécessaire pour parler librement. Encore qu'il fut peu probable que ces Russes soient capables de comprendre quoi que ce soit de leur langue.

Après une courte marche dans le parc, ils appelèrent Guarini à l'heure convenue, Chang Hui avec sa caméra allumée. Zang seulement avec le son.

« *Bonjour mon ami* » démarra Zang. « *Je te présente Chang Hui, la sœur de Puyo* »

Après les politesses d'usage, Guarini demanda à Chang Hui de lui expliquer en quelques mots le travail qu'elle faisait auprès de Zang, ce que pourtant il savait déjà. Ce dernier compris avec un petit sourire que c'était là un truc de professionnel pour la mettre bien à l'aise.

« *Peux-tu me dire comment tu vois l'avenir avec ton frère ?* » attaqua ensuite Guarini

« *J'ai du mal à me projeter à très court terme mais si votre question vise un horizon de quatre ou cinq ans, je nous vois vivre mon frère et moi dans un pays comme le Portugal. Je trouverai je pense facilement du travail et après sa guérison, mon frère pourra faire des études, probablement des études brillantes d'ailleurs* » répondit-elle

« *Tu sais Chang Hui que je ne suis pas sûr de réussir à le guérir. Si nous devons parler statistiques, c'est du 50 – 50. Le travail d'apprivoisement que tu as merveilleusement fait depuis un an est extraordinaire et sa réaction face à l'anglais est très encourageante. Je dois d'ailleurs féliciter ton habileté pour lui avoir vendu l'anglais aussi vite et aussi bien. Ces prémices sont très bonnes mais maintenant, nous allons rentrer dans le dur* » développa-t-il

« *Cela veut dire quoi, rentrer dans le dur ?* » demanda-t-elle

« *Va-t-il vouloir quitter ses parents, son rocher, son refuge ? Idéalement, il faudrait que je le vois et qu'il accepte de bouger. C'est toujours ce qu'il y a de plus difficile. Même si inconsciemment il rejette ses parents, ce sont eux et uniquement eux qu'il voit tous les jours. Imagine bien que sa vie sociale est réduite à ce strict minimum depuis sa plus petite enfance. L'année passée à échanger avec toi est un formidable atout mais tout ce qu'il va découvrir de nouveau va énormément l'inquiéter.* » expliqua le professeur

« *Que puis-je faire pour vous aider ?* » rétorqua-t-elle

Guarini se frotta longuement le front avant de répondre.

« *Est-ce que son niveau d'anglais est suffisant pour que je puisse le voir et lui parler par internet ?* »

Ce fut au tour de Chang Hui de réfléchir un long moment. Zang volontairement restait en retrait, parfaitement neutre.

« *Si je suis là et que je vous présente comme un ami, je pense qu'un échange à trois peut se faire. Un échange limité car son anglais est rudimentaire et bien sûr il ne l'a jamais parlé. Je pourrais éventuellement lui traduire quelques mots s'il peine à vous comprendre* »

« *Alors prépare le terrain. Explique-lui. Je suis sûr que tu trouveras les mots qu'il faut. Appelez-moi Zang et toi dès que vous êtes prêts* »

CHAPITRE 17

20 novembre 2019

Zang était déjà attablé devant son petit-déjeuner ce qui était une première depuis leur arrivée à l'hôtel car habituellement Chang Hui l'attendait toujours quelques minutes en feuilletant distraitement le journal local. Lui si serein en toutes circonstances était préoccupé et cela se voyait. Il laissa le temps à la jeune femme de prendre sur le buffet son thé et ses nourritures habituelles.

« *J'ai un problème ou plutôt, nous avons un problème* » attaqua-t-il dès qu'elle fut assise.

« *Ma fille m'a appelé ce matin avant d'aller prendre son service à l'hôpital. Un peu plus tôt, elle avait eu un coup de fil d'un responsable de la sécurité intérieure – c'est comme cela qu'il s'est présenté – un homme dont elle n'a pas retenu le nom. Il lui a demandé où j'étais et comment me joindre. Elle lui a dit que j'étais parti faire une retraite studieuse pour quelques semaines afin d'écrire un livre. L'homme a insisté pour savoir où. Ne voulant pas me gêner en quoi que ce soit, elle lui a dit qu'elle ne savait pas où* »

Chang Hui n'avait pas encore touché à son repas. Elle enregistrait ses paroles avec une concentration extrême.

« Il a lourdement insisté et c'est ce qui a motivé son appel immédiat. Il lui a aussi demandé comment elle savait que je n'étais pas au bureau – il m'a prévenu au téléphone a-t-elle répondu– mais son téléphone n'est pas joignable a-t-il insisté – est-ce vous ou lui qui avait appelé l'autre ? Là elle lui a dit de voir avec mon bureau pour mon lieu de vacances car elle ne se souvenait plus et elle a raccroché »

« *Sur quel numéro a-t-elle appelé ce matin ?* » demanda Chang Hui.

« Sur le portable jetable qui m'avait servi à l'appeler plusieurs fois » répondit Zang

« *Je t'avais dit de détruire la puce après chaque utilisation* » rétorqua-t-elle

« *Oui c'est vrai mais j'ai vu que tu en avais seulement deux ou trois et comme je souhaite appeler régulièrement ma fille, j'ai cru bien faire pour qu'il t'en reste suffisamment pour notre projet. Où est le problème ?* » se justifia-t-il

Chang Hui avala d'un seul coup son thé devenu tiède, elle rafla sur la table son assiette qu'elle n'avait pas encore touchée.

« *Montons chez toi tout de suite* »

Arrivés dans la chambre, Zang lui donna le portable incriminé. Chang Hui regarda attentivement l'historique. Sa fille l'avait appelé 41 minutes auparavant. Elle retira ensuite la puce et la découpa soigneusement.

« *Bon admettons que ta fille t'ait appelé quelques minutes après avoir raccroché. Il y a 45 minutes, il leur suffisait de trouver sur le relevé de ta fille le numéro de ton portable. Et ensuite chercher où ce portable bornait. Deux solutions : soit ils passent par l'opérateur et je doute qu'en 45 minutes à cette heure matinale ils aient obtenu l'autorisation et ensuite l'employé déjà au travail pour leur répondre* »

« *Ou bien ?* » l'interrompit-il avec impatience

« *Soit ils emploient quelqu'un comme moi et ils ont eu le numéro en une dizaine de minutes. Ce qui veut dire qu'ils auraient alors eu largement le temps de te localiser* » termina-t-elle

« *De me localiser et de peut-être découvrir ensuite ce que je fais réellement ici* » ajouta Zang en se frottant avec un peu d'inquiétude le front.

« *Est-ce que tu peux voir s'ils ont consulté le relevé de son numéro* » continua aussitôt Zang

« *Nous ne pourrons jamais être certain car, si c'était moi, je suis tout à fait capable de ne pas laisser de trace. Pour laisser une trace, il faut que cela soit prévu pour et cela dès la création d'un fichier, ce qui n'est très certainement pas le cas pour un relevé téléphonique* » répondit Chang Hui

Tous deux s'absorbèrent un moment dans leurs réflexions.

« *Qui te cherche ainsi ?* » demanda Chang Hui

« *Les services de la Présidence savent très officiellement que je me suis éloigné plusieurs semaines pour écrire un livre. En outre, j'ai mon bras droit Shu qui m'envoie des questions par mail tous les deux ou trois jours et je lui réponds. Donc s'ils me cherchaient, ils me trouveraient et me l'auraient dit.* » répondit Zang

« *De mon côté, mon compte email professionnel est en sommeil depuis que j'ai quitté Pékin et mes deux téléphones portables sont éteints. Je n'ai donné aucune nouvelle ni à mon patron ni à mes collègues.* » dit Chang Hui

« *J'ai également coupé mes deux téléphones habituels mais seulement le lendemain de ton arrivée quand tu m'as expliqué comment travailler à l'abri des regards sur notre projet.* » ajouta Zang

« *Donc bien avant leur appel* » déduit-il

« *Peux-tu nettoyer mes relevés de mon départ de Pékin jusqu'à la fermeture des téléphones* » continua Zang

« *Oui, je le fais immédiatement* » répondit Chang Hui.

« *Cette démarche vers ta fille veut probablement dire que s'ils l'ont appelé, ils n'avaient encore pas pensé à faire une recherche officieuse sérieuse. Ils en sont donc aux balbutiements de leur traque* » continua Chang Hui

Zang resta aux côtés de la jeune femme tandis qu'elle s'activait sur son clavier. Il ne voyait pas qui pouvait s'intéresser à lui alors que sa vie était jusqu'alors très linéaire et connue.

Le seul en fait qui pouvait légitimement se poser des questions était le patron de Chang Hui, un des responsables très influents du parti. Déjà il s'était probablement beaucoup interrogé après la demande initiale du Président. Qu'il s'étonne maintenant que son hackeur soit utilisé si longtemps pour la simple documentation d'un nouveau livre était finalement assez logique. Peut-être y voyait-il quelque chose d'anormal et donc un moyen pour lui de prendre un peu plus de pouvoir.

Lorsque Chang Hui se tourna vers lui pour lui indiquer qu'elle avait « tout » nettoyé, Zang partagea avec elle ses réflexions. Elle sembla assez dubitative au premier abord.

« *Tu sais, le pouvoir au sommet d'un Etat est un subtil équilibre sans cesse renouvelé entre différentes factions qui, à l'instar des plaques tectoniques, essaient de toujours peser plus* » précisa Zang. « *Ce n'est pas le monde des Bisounours* »

« *Ton directeur est le seul que je vois pour l'instant expliquer le début d'une recherche* » continua-t-il

« *Je n'ai eu aucun email de sa part. Tu crois que je devrais le contacter pour lui dire que tout va bien et que j'ai encore du travail avec toi ?* » demanda Chang Hui

« *Si tu avais l'intention de retourner dans son service, ce serait une sage précaution* » répondit-il

« *Alors oublions* » conclut-elle

CHAPITRE 18

21 novembre 2019

La nuit avait été courte pour Zang qui ressassait à l'infini cette histoire de recherche. Sa vie sociale et professionnelle était si réduite qu'il ne voyait pas qui pouvait s'intéresser à lui. Sans la mission très spéciale qu'il conduisait, il en aurait ri. Ayant retourné dans tous les sens le peu d'informations dont il disposait, il en revenait toujours à la même hypothèse : le patron de Chang Hui avait détecté une anomalie et il cherchait à en tirer profit.

Chang Hui avait immédiatement « fait le ménage » de tous leurs relevés de téléphone et d'un autre côté, les liaisons internet étaient depuis le début super sécurisées. Il ne restait à espérer que cette recherche de contact était juste un filet lancé à tout hasard au fil de l'eau. Au moment de se lever, il décida de ne rien changer à leur dispositif actuel.

Lorsqu'il descendit pour le petit déjeuner, Chang Hui était déjà attablée. Elle avait comme lui une tête un peu chiffonnée.

« *Mal dormi ?* » demanda-t-il

« *Non, plutôt bien mais pas assez car je t'ai sorti hier soir les informations demandées. Honnêtement, j'ai l'impression que tu n'auras pas grand-chose à te mettre sous la dent* » lui répondit-elle

Zang encaissa l'information avec un rien de découragement. Il leur restait exactement trois jours avant le vote et la partie produit n'était absolument pas bouclée.

« En remontant, je vais reprendre tous les profils et y ajouter tes dernières données. Ce n'est pas possible de ne rien trouver d'autre que les addictions » affirma-t-il

Tous deux mangèrent pensivement.

« *Les dossiers médicaux ?* » dit-elle après un moment en le regardant fixement

« *Quoi ? Que veux-tu dire avec les dossiers médicaux ?* » demanda-t-il

« *Ce n'est pas parce qu'ils sont médecins qu'ils ne peuvent pas être malades* » rétorqua-t-elle

« *Ce n'est pas faux* » admit-il

La matinée qui suivit vit Chang Hui se mettre à la recherche des dossiers médicaux et Zang étaler tous les profils par terre dans sa suite. Il ne trouva pas de critère évident pouvant facilement les départager. Il choisit sans vraiment de raison de les mettre par âge décroissant. Peut-être qu'un jeune sans famille - il y en avait une dizaine - serait plus malléable. De même pour un sénior veuf ou veuve – il en avait trois - ?

Il décida finalement d'aller faire un grand tour de parc. A défaut de lui amener une solution, la marche lui viderait la tête.

Lorsqu'il revint dans sa suite, il vit sur la porte un post-it – j'ai les dossiers médicaux – Il invita Chang Hui à le rejoindre.

« *J'en ai trouvé dix-neuf avec des problèmes* » expliqua-t-elle

« *Rien sur une grande majorité d'entre eux* »

Zang décida de commencer son analyse par les dix-neuf présentant un problème.

Il ne lui fallut pas plus de deux heures pour identifier enfin un potentiel candidat. Un jeune médecin du laboratoire de virologie P4 qui avait une tumeur a priori non opérable au cerveau. Marié sans enfant mais avec son épouse enceinte de cinq mois. Zang nota qu'ils avaient pratiqué 2 FIV sans succès avant que la troisième ne soit réussie. Avec un compte en banque flirtant dangereusement avec zéro.

Zang s'astreignit quand même à regarder tous les dossiers, sans en trouver un meilleur. Zang appela Chang Hui qui était repartie se reposer pour qu'elle lui envoie l'ensemble des mails personnels et professionnels du jeune homme.

C'est fou ce que cette nouvelle génération pouvait utiliser comme mails ! Plus de dix-neuf mille reçus sur le seul compte professionnel pendant la dernière année. Il commença un tri par destinataires et ne retrouva pas le nom du chirurgien qui lui avait fait passer le scanner révélant la maladie, nom qui apparaissait pourtant sur l'imagerie.

Il regarda les mails émis, moins nombreux. Pas trace de ce médecin qui pourtant faisait bien partie du même hôpital. Il recoupa les mails reçus après la date du scanner. Il regarda aussi tous les noms du service et des collaborateurs de ce service de scanner. Rien.

Zang pris cinq minutes pour se calmer. Il était rompu aux recherches dans des archives numériques et il était devenu plutôt bon dans ce sport bien particulier. S'il ne trouvait pas de mail, c'est qu'il n'y en avait pas.

Il sortit sur le balcon pour respirer un grand coup. Il essaya de se mettre dans la peau du médecin obligé d'annoncer un tel problème à un confrère. Probablement qu'il ne donna pas d'information orale sur l'instant par peur de se tromper et de paniquer pour rien son collègue. Manifestement il ne la donna pas par mail non plus ensuite.

« *Non, pas d'une manière aussi désincarnée* » pensa Zang à voix haute.

Sans aucun doute le fit-il alors en tête à tête, après avoir vérifié. Peut-être d'ailleurs en avait-il parlé avant avec un autre collègue, un ami ou son supérieur ? Zang fut pris d'un doute. Ce jeune médecin avait-il même été averti ?

Il demanda à sa collègue de sortir tous les mails du médecin qui avait signé l'imagerie. Silence complet sur ce cas alors même que le diagnostic était donné comme certain par le médecin du scanner.

Zang n'avait pas toutes les réponses à ses questions mais il sentit qu'il tenait probablement son « client ». La maternité prochaine de sa femme était définitivement un atout.

Lorsque Chang Hui toqua à sa porte pour le repas du soir, elle le surprit en train de déchiqueter un à un la centaine de dossiers non retenus. Il n'en restait que trois sur la moquette dont un entouré de feutre rouge, celui du jeune homme à la tumeur.

Zang avait retrouvé sourire et énergie.

CHAPITRE 19

22 novembre 2019

Zang se leva bien avant l'aube. Il sentait confusément qu'il avait la bonne cible. Mais maintenant il fallait l'approcher et c'était tout autre chose. La question essentielle qu'il avait ressassée toute la nuit était de savoir si ce jeune médecin était au courant de sa maladie. Si la réponse était « non », il ne voyait pas du tout comment faire. Il décida de demander à Chang Hui son avis, faute de pouvoir échanger avec quelqu'un d'autre.

Le petit déjeuner expédié rapidement, ils se retrouvèrent dans sa suite. Zang expliqua en détail son choix et son interrogation :

« A ton avis, e*st-il au courant ?* »

Chang Hui resta un moment à le fixer et finit par sourire en donnant sa réponse :

« *Le scanner du cerveau n'est pas une recherche de routine donc s'il a fait faire ce scanner, c'est qu'il avait un ou plusieurs symptômes, qu'il avait un doute* »

« *Jusque-là, je suis d'accord* » indiqua-t-il

« *Comment imaginer que tu passes un scanner parce que tu as un doute et que tu ne demandes pas le résultat ?* » continua-t-elle

« *OK, je te suis toujours. Il a donc forcément demandé le résultat, tu as raison* » confirma Zang

« *Pourquoi n'as-tu pas trouvé de mail : parce que ce cas spécialement difficile méritait une réponse en tête à tête, sans doute même avec un expert haut placé respecté par les deux qui aura cautionné le résultat. Je ne vois aucune raison pour que son collègue mente et dise qu'il n'y avait rien.* » affirma-t-elle

« *Mouais* » fit-il

« *J'ai regardé d'autres analyses faites pour les autres médecins qui ont un dossier médical. Elles ont presque toutes fait l'objet d'un courrier-mail. Là, rien. Je pense vraiment qu'avant même la confirmation par des yeux extérieurs, il a eu une première réponse sur le champ.* »

Chang Hui marqua un temps d'arrêt

« *Qui aurait fait autrement d'ailleurs ? Pour les médecins, la maladie et la mort font partie intégrante de leur quotidien. Ils ont beaucoup moins de retenue pour en parler que vis-à-vis des malades ordinaires. C'est sûr qu'il est au courant. Depuis le premier jour c'est certain* » conclut-elle

« *J'aimerais tant que tu aies raison.* » marmonna-t-il

« *Mais j'ai raison* » insista-t-elle

Zang décida de se ranger à l'avis de la jeune femme. Il hocha la tête en signe de reddition.

« *Bien. OK, il sait. Alors maintenant la question, comment l'aborder ?* » demanda-il tout en farfouillant dans le dossier pour chercher l'imagerie et le rapport.

« *Le scanner date d'un peu plus de trois mois. La question suivante est : quel pronostic lui a-t-on donné ?* » continua-t-il en la regardant.

« *Demande son avis à Guarini ?* » rétorqua Chang Hui après quelques instants de réflexion.

« *Après tout, il est spécialiste du cerveau. Demande-lui son pronostic. Il devrait être capable de te donner une fourchette c'est certain* » enchaina-t-elle

Zang regarda la jeune femme avec admiration. Guarini bien sûr. Il avait la chance de connaitre un des plus grands pontes, un expert mondial du cerveau. Cela étant, il faudrait faire attention que Guarini ne puisse établir un quelconque lien avec son projet.

« *Peux-tu m'extraire une copie du scanner en enlevant toutes les références à l'hôpital, au médecin et au patient ?* » questionna-t-il

« *Tu l'auras sur ton mail d'ici un moment* » répondit la jeune femme en retournant dans sa chambre.

Zang se laissa aller dans le petit fauteuil près du balcon. Chang Hui l'aidait bien au-delà de son simple travail de fournisseur de données. Il appréciait sa grande capacité d'analyse. Quel dommage de ne pas pouvoir garder un tel talent se dit-il.

La vie était finalement très bizarre et pleine d'imprévu. Il avait cru au début utiliser un hackeur « kleenex » qu'il n'aurait qu'à jeter après utilisation. Et il découvrait une partenaire professionnelle solide, un diamant brut aux multiples ressources qu'il aurait aimé maintenant garder au sein de ses équipes. Qu'il aurait aimé continuer à former pour l'aider à maitriser ses émotions.

Partenaire qu'il perdrait tout de même parce c'était sa décision à elle...

En attendant le mail annoncé qui lui permettrait de questionner Guarini, il sortit et prit immédiatement le chemin vers la mer. Il avait besoin de l'énergie et du bruit des vagues pour imaginer la suite.

Zang passa ensuite une bonne partie de l'après-midi à répondre à une dizaine de questions que Shu et son équipe lui avaient posées depuis plusieurs jours et auxquelles il n'avait pas pris le temps de répondre.

Pendant ce temps, Chang Hui refit le point de toute la partie logistique.

Plus tard, en remontant à sa chambre après le diner, il trouva un mail de réponse de Guarini :

« Pas le temps aujourd'hui pour passer du temps avec Chang Hui et son frère. Vraiment désolé mais j'ai un voyage non prévu. On remet cela semaine prochaine. Pour le scanner que tu m'as envoyé, je dirais environ six mois, à plus ou moins deux mois près. A bientôt. »

Zang transféra le mail à Chang Hui et ajouta :

« Demain, on décide de l'approche du docteur Lee. Bonne nuit »

CHAPITRE 20

23 novembre 2019

Juste après leur petit-déjeuner en commun, Chang Hui se décida finalement à informer Zang :

« *Quelqu'un cette nuit a marché sur mes traces, sur nos traces* »

« *Hein ? Quoi ?* » réagit Zang comme si on l'avait soudainement piqué

« *Oui, la procédure de sécurité que j'avais mise en place m'a réveillé ce matin vers quatre heures* »

Devant la mine étonnée de son vis-à-vis elle continua calmement :

« *J'ai immédiatement tout démonté. Rassure-toi. En moins de vingt minutes. J'ai transféré et sauvegardé les dossiers dont nous avons besoin et éliminé tout le reste. J'ai ensuite reconstruit un nouveau réseau pour le travail d'aujourd'hui.* »

« *Une quelconque chance que quelqu'un comprenne ce que l'on faisait ?* » demanda-t-il inquiet

« *Aucune.* »

Ils restèrent muets tous les deux un moment avant de reprendre leurs échanges

« *Je cherche à comprendre ; quelqu'un comme toi travaillait sur la surveillance de notre réseau à quatre heures du matin ?* » demanda Zang

« *Peut-être mais cela n'est pas certain. Cela peut aussi être un programme automatique (soit public, soit privé) analysant les transactions internet au fil de l'eau. Pour te donner un exemple, de façon systématique, le ministère de l'intérieur analyse toutes les nuits au hasard environ un pour mille du flux total d'une journée. Un pour mille car les ordinateurs ne sont pas encore assez puissants pour tout analyser.* » expliqua-t-elle. « *Dans dix ans, ils le feront pour la totalité* »

« *En fonction de mots-clés et de leur concentration anormale dans le flux concerné, des analystes humains épluchent alors ensuite en détail toutes les transactions identifiées comme « non conformes » pour analyser les éventuelles anomalies* » continua-t-elle

« *Je suis sûr que tu as déjà réfléchi à ma question suivante : qu'est ce qui te parait le plus probable ?* » demanda Zang qui était un peu perdu par les explications techniques et qui surtout souhaitait aller directement à la conclusion.

« *Les deux seules choses qui aient pu alerter une veille automatique sont tes contacts répétés hier avec les services de la Présidence et le contact en anglais avec*

Guarini – interlocuteur hors du territoire national. » répondit-elle

« *Mais rassure-toi, sans aucun moyen d'aller plus loin car j'ai tout nettoyé immédiatement.* » répéta-t-elle

« *Mon seul problème, c'est que cela va m'obliger à changer de protocole pendant au moins une semaine de façon à décourager celui ou celle qui nous suit et nous cherche, même si ce n'est qu'une machine. Cela va me coûter quatre à cinq heures par jour mais bon, c'est une solution fiable qui sera totalement sous contrôle.* » précisa-t-elle

Zang passa lentement sa main mutilée sur son visage dans un effort évident de concentration et d'intégration de tout ce qu'elle avait dit.

Après un temps qui parut interminable à Chang Hui, Zang reprit la parole :

« *Bon, donc problème réglé pour l'instant. J'aimerais que maintenant on décide comment aborder le docteur Lee.* »

« *Que vas-tu lui vendre en échange d'une coopération de sa part ? En supposant qu'il coopère bien sûr.* » attaqua-t-elle

Zang déroula le scénario qu'il avait en tête :

« *Guarini nous a dit qu'il a pour environ 6 mois à vivre à partir de la date du scanner c'est-à-dire qu'il lui reste deux mois et demie à partir de maintenant. Ses symptômes se sont sans doute accrus lui mettant une pression maximum bien compréhensive sur les épaules. Parallèlement, son épouse est enfin enceinte et son vœu le plus cher est sans doute qu'elle puisse élever leur enfant sans soucis. S'il nous aide en secret, je peux lui proposer que son enfant devienne pupille de la nation, ce qui est fait pour tous ceux dont un parent mort a servi le pays de façon exceptionnelle* »

Zang arrêta de la main Chang Hui qui allait parler

« *Laisse-moi aller au bout. Si cette proposition ne suffit pas, je compte le menacer de tuer sa femme et son enfant. En fait le choix pour lui sera simple et ceci dès le début. Dans le peu de temps qu'il lui reste à vivre, il assure secrètement une mission exceptionnelle ou il prend le risque de perdre sa famille.* »

« *Tu lui diras pourquoi tu as besoin du produit* » demanda Chang Hui qui fit pour un instant comme si elle n'avait pas entendu la menace finale.

« *Oui, je ne cacherai rien. Comme toi, il connaitra l'objectif Taïwan* » répliqua Zang sans sourciller.

« *Et tu n'as pas peur qu'il décide de tout dévoiler publiquement ? Après tout, il n'a plus rien à perdre* » objecta-t-elle

« *D'abord, je te rappelle, il a sa famille à perdre. Ensuite, qui croirait les délires d'un malade du cerveau en fin de vie ?* » répondit-il avec un bon sens certain.

Chang Hui avait déjà compris l'immense détermination de Zang pour réussir son projet mais là, assassiner de sang-froid quelqu'un, qui plus est une femme enceinte innocente, cela montait encore une marche plus haut dans une horreur qu'elle n'avait pas encore imaginée. Et qu'elle n'approuvait pas.

« *Tu crois vraiment que je vais accepter d'être complice d'une telle action ?* » demanda-t-elle très sérieusement, le visage buté

Zang compris que sa froide démonstration matérialisée par une menace de mort avait heurté la sensibilité de la jeune femme.

« *J'espère ne pas devoir en arriver à une telle extrémité. A défaut de l'accepter, tu dois savoir que si cela est nécessaire, je le ferais sans état d'âme. Rien ne m'arrêtera car l'enjeu est énorme. Je donnerais également ma vie pour cette mission s'il le fallait.* » répondit-il

« *Ce sera à moi de convaincre le docteur Lee pour ne pas en arriver à cette extrémité et que tout se passe bien.* » ajouta-t-il

Il y avait bien longtemps que la salle du petit-déjeuner avait été désertée. Zang jeta un coup d'œil circulaire et vit qu'un employé attendait sagement au fond de la salle pour débarrasser.

« *Montons, il faut maintenant déterminer qui fait quoi et comment* » dit-il d'un ton qui n'attendait pas de réplique.

CHAPITRE 21

24 novembre 2019

La télévision réglée sur la chaine locale déversait son lot de propagande journalier. Zang avait prétexté une légère fatigue auprès de Zang Hui de façon à monter tôt dans sa chambre après le diner. C'est la première fois qu'il allumait l'appareil depuis son arrivée. Généralement, il n'était pas un gros consommateur des programmes insipides diffusés dans son pays mais là avec leur travail continu, il n'avait vraiment pas eu de temps libre. Assis dans son fauteuil habituel et les cacahuètes pas très loin, il attendit tranquillement le résultat des élections à Hong Kong.

Plus tôt dans la journée, après avoir exploré beaucoup de solutions, ils s'étaient finalement mis d'accord sur la façon d'approcher le Docteur Lee. Chang Hui avait réussi à reconstituer – Dieu sait comment ! - son parcours habituel domicile – travail sur lequel il semblait ne pas déroger. Passant par le téléphone du docteur, elle avait accédé au GPS de sa voiture et savait exactement quand et où il se trouverait s'il ne changeait rien à ses habitudes. Ils avaient décidé de ne pas lui demander de rendez-vous mais de le contacter en personne pendant son trajet.

C'est elle qui s'y collerait et après l'avoir rencontré, elle le mettrait en communication à l'aide d'un téléphone prépayé avec Zang. Ce serait alors à lui de jouer. Chang Hui amènerait également les produits vides à remplir.

Zang avait peaufiné avec elle son argumentaire, la maladie, l'issue prévisible, sa femme et son enfant, la menace en cas d'indiscrétion et où de refus, ce qu'il avait à faire, ce qu'il y gagnerait, la cause qu'il servirait.

Il fallait absolument que cela soit réglé avec ce seul contact.

Chang Hui amènerait également au docteur Lee trois colis déjà étiquetés et payés pour qu'il renvoie les produits. Trois colis mis dans différents bureaux de poste au cas où ce service parfois de médiocre qualité ne fonctionnerait pas bien.

Tout en attendant les résultats du vote, Zang grignotait ses cacahouètes préférées. Il sourit un instant en se disant que le timing était juste parfait. Si le vote était défavorable, le docteur Lee serait sollicité. Si le vote allait dans le sens souhaité par son Président, il n'aurait plus qu'à « démonter » l'opération.

Il fronça les sourcils en repensant à l'ordre de Qi : ne laisser aucune trace. Il avait déjà dépassé depuis un moment cette instruction initiale. Il désobéirait. Sans état d'âme. Sans l'aide décisive de la jeune femme, il n'aurait pas pu aller aussi loin, aussi vite. Il savait que quoi qu'il arrive pour le vote, il irait au bout de son engagement vis-à-vis de Chang Hui. Il l'aiderait elle et son frère, sur ses propres deniers si besoin.

Zang reprit la télécommande et chercha une autre chaine d'information. D'un seul coup, il se rendit compte qu'il avait complètement mésestimé la censure d'Etat, censure féroce s'il en est. Il n'aurait probablement aucune information sur les chaines chinoises si le vote devait être mauvais, ce qui, d'une certaine façon pouvait passer pour un début de réponse.

Mais dans son cas, il avait besoin d'une certitude, pas d'une probabilité.

Il regarda à nouveau l'heure. Normalement, le résultat du vote était maintenant connu. Il fit défiler les différentes chaines accessibles dans l'hôtel. Toutes les chaines chinoises étaient muettes sur cet évènement. Il chercha en vain une chaine en langue anglaise. Il trouva une chaine coréenne et deux chaines russes. Ces trois chaines étrangères étaient le mince tribut laissé par la censure pour contenter la grande majorité des touristes non chinois de cet hôtel. Ce qui ne l'avança guère car il ne comprit rien à ce qui était dit.

Peut-être devait-il tout simplement contacter Qi pour avoir un ordre clair ? Il ferma les yeux et commença dans sa tête à rédiger un mémo codé : « Le livre avance bien. Je suis prêt à rédiger la deuxième partie mais comme je devais rentrer début décembre, je voudrais savoir si je continue – il me faut encore un bon mois – ou si tu as besoin que je rentre maintenant. »

Un son plus fort qu'un autre sur la télévision le réveilla quelques instants plus tard. Il ne savait même plus s'il avait rêvé ou non. Zang repensa au questionnement qu'il avait un instant envisagé et il secoua la tête de tant de puérilité. Pourquoi devrait-il poser aujourd'hui une telle question à Qi ? Que penserait-il de lui ?

Zang se leva pour boire et finit par s'assoir devant son ordinateur. Internet allait tout simplement lui répondre. Il attendit quelques instants après l'avoir allumé et en contemplant l'écran qui s'obstinait à rester vide, il se souvint brusquement que depuis l'alerte sur les traces, Chang Hui coupait toutes les liaisons jusqu'au lendemain, nouvelle procédure de sécurité oblige !

L'énervement finit par le gagner. Il lui fallait absolument la réponse sur le vote. Cela faisait maintenant trois heures qu'il avait allumé en vain la télévision. La Corée était en avance sur leur fuseau horaire et le programme proposé était celui de la nuit, programme fait de rediffusions. Sans intérêt. Il se concentra sur la chaine russe qui semblait donner des nouvelles en continu. C'était le soir à Moscou. Il s'astreint à regarder les tableaux et les chiffres qui venaient documenter les commentaires des deux présentateurs. Sans rien comprendre de ce qu'ils disaient. Il eut beau scruter sans relâche l'écran pendant une demi-heure, il ne put rien voir d'exploitable.

La télévision fermée, il commença à tourner en rond dans la chambre. Il regarda son ordinateur éteint se fit la réflexion que sans internet, l'homme moderne devenait nu et aveugle.

C'était proprement incroyable. A l'époque de sa jeunesse, il y avait encore des dictionnaires, des annuaires, des dossiers, des documents sur lesquels s'appuyer. Là, tout passait par internet. L'instant d'avant, il eut l'idée d'appeler avec un de ses portables jetables un numéro à Hong Kong, un service public, un hôtel ou même un particulier. Mais à quel numéro ?

Il pensa également à sa fille qui à défaut d'avoir eu l'information aurait pu à sa demande aller sur internet. Mais elle démarrait très tôt son service à l'hôpital et dormait certainement depuis longtemps.

Zang finit par se coucher. Il aurait le résultat le lendemain matin dès l'internet protégé de Chang Hui serait rouvert.

En fermant les yeux, il repensa au processus qu'ils avaient élaboré pour rencontrer le docteur Lee.

Il savait qu'il dormirait peu et mal.

CHAPITRE 22

25 novembre 2019

Plus encore qu'à son habitude, Zang arriva en retard au petit-déjeuner. Lorsqu'avant de descendre il vit que son ordinateur était de nouveau connecté par les bons soins de Chang Hui, il ne put s'empêcher d'aller chercher les résultats du vote à Hong Kong.

Résultats catastrophiques pour son Président. Il relut plusieurs fois les commentaires de la presse locale et internationale suite au communiqué de presse laconique de l'Exécutif du Territoire, au point qu'il les connaissait presque par cœur et pouvait les réciter :

« Le camp démocrate a gagné une victoire écrasante aux élections locales du 24 novembre 2019. Cette victoire confirme la volonté des habitants de Hong Kong de garder une large autonomie et de ne pas accepter d'ingérence de Pékin dans le processus démocratique du territoire. Cela confirme également le retrait définitif du projet de loi du 9 juin 2021 sur l'extradition des opposants politiques en Chine »

Zang avait très mal dormi et cette mauvaise nouvelle n'était pas de nature à le remettre en forme. Au point que Chang Hui s'inquiéta quand elle le vit arriver :

« *Cela n'a pas l'air d'aller mieux depuis hier soir* » lui dit-elle

« *Hum, tu as raison. Ma vieille carcasse a des ratés depuis hier mais j'ai un remède miracle pour tout oublier : le travail ! Demain, il n'y paraitra plus* » dit-il avec un petit sourire un peu forcé

Sa réplique aurait pu illustrer à merveille une application opportune de la méthode Coué.

Lorsqu'ils remontèrent dans la suite de Zang, ils décidèrent de refaire un point des actions à engager.

Tout au long de sa nuit en lambeaux, Zang avait repensé à leur plan concernant le docteur et à nouveau, il répugnait à envoyer en première ligne Chang Hui. Il l'avait vue si forte derrière son écran mais si faible face à son frère qu'il ne la croyait pas suffisamment solide pour intercepter sans problème le docteur Lee.

« *Je ne suis pas à l'aise avec l'idée de t'envoyer là-bas* » attaqua-t-il

« *Moins tu prends l'avion avant ton départ de Chine et mieux on se portera* » ajouta-t-il faute d'avoir le courage de lui dire ce qu'il pensait vraiment.

« *Il faut absolument trouver un moyen alternatif* » ajouta-t-il

« *On peut lui envoyer un téléphone et lui demander par mail d'appeler* » répondit Chang Hui après un moment

« *Et ensuite, tu le convaincs au téléphone comme on avait dit* »

« *Où pourrait-on envoyer le téléphone ?* » demanda Zang qui ne voyait pas d'un bon œil le délai supplémentaire que cela impliquait.

Ils restèrent tous deux enfermés dans leur réflexion pendant de longues minutes. Chang Hui fut la première à briser le silence :

« *Chez lui, non ce n'est pas possible et au travail, ..., pareil. Les deux sont impossibles.* »

« *Donc il ne faut pas l'envoyer* » conclut Zang

« *Peut-être tout simplement peut-il en acheter un ?* » questionna Chang Hui

« *Je lui fais un mail en ce sens et lui donne un numéro d'appel* » continua-t-elle heureuse de sa solution

Tout en la regardant fixement, Zang leva la main lui signifiant ainsi d'attendre :

« *On va faire plus simple. Tu lui envoies un mail lui demandant d'appeler un de nos numéros. Après, tu feras le ménage chez son opérateur* » dit-il

« *De la part de qui le mail ? Il ne faut surtout pas qu'il le considère comme un spam.* » s'inquiéta Chang Hui

Ils s'absorbèrent à nouveau dans un silence prolongé. Sa remarque était plus que pertinente. C'est encore elle qui se lança à l'eau :

« *Laisse-moi une ou deux heures. Je vais analyser tous ses mails personnels de cette année. L'idéal, c'est de trouver quelqu'un d'important qu'il connait et qui n'est pas physiquement sur le site aujourd'hui. Donc qu'il ne devra pas hésiter à rappeler.* »

La jeune femme partie, Zang prit le chemin du parc. La marche était depuis toujours pour lui le moyen de se calmer et de remettre de l'ordre dans ses idées. Il eut une pensée fugitive pour Qi son Président qui devait être absolument furieux du résultat des élections.

Il n'y avait que les habitants de ces territoires pour avoir cru et croire encore au slogan « un seul état et deux systèmes ».

Dans un moment, il se connecterait avec Shu son adjoint afin de prendre la température du service et l'ambiance au palais.

Ce n'est que bien plus tard au début de l'après-midi qu'il revit Chang Hui

« *Pfou !* » commença-t-elle en nettoyant avec application ses lunettes

« *Je me suis calé sur la journée d'aujourd'hui et j'ai identifié deux possibilités, le médecin qui lui a fait passer le scanner et un collègue avec lequel il partage certains dossiers dont un assez chaud sur lequel ils doivent trancher rapidement. Le premier est en voyage pour la semaine et le second en formation* »

Zang n'hésita pas longtemps. Le médecin aurait été parfait s'il avait échangé des mails avec lui de temps à autre. Ce qui n'était pas le cas. Avant de trancher, il demanda néanmoins son avis à sa coéquipière :

« *Quel serait ton choix ?* »

« J'ai trouvé le médecin assez vite mais cela pourrait paraitre étrange qu'il lui envoie un mail alors que tout s'est passé jusqu'alors par oral. C'est pour cette raison que j'ai cherché un autre nom au cas où. Tu as donc le choix »

Zang sourit intérieurement en notant qu'ils étaient bien en phase.

« Dis-moi tout ce que tu peux trouver sur ce collègue »

CHAPITRE 23

25 novembre 2019

Le pâle soleil d'automne disparaissait rapidement derrière les toits du laboratoire opposé. Cela annonçait pour lui la fin de sa journée. Lorsqu'il se leva un peu brusquement, il dut s'appuyer aussitôt des deux mains sur le coin de son bureau. Il fixa de son mieux son attention sur le parking visible par la fenêtre de son bureau, le temps que sa vue se stabilise.

Cela faisait quelques jours qu'il avait de temps en temps cette impression désagréable soudaine de flotter, d'être ivre, de voir moins clairement.

Cela lui rappelait fâcheusement la seule fois où avec ses amis étudiants médecins il avait fumé de l'opium pour fêter la fin de leurs études. Beaucoup trop pour une première fois dans son cas. Tellement trop qu'après coup, il en avait été dégouté à jamais.

Ces vertiges passagers n'annonçaient rien de bon il le savait. D'autant que leur fréquence augmentait inexorablement. La maladie avançait c'était sûr. Le mois précédent, il avait testé de façon volontaire un traitement expérimental qui malheureusement n'avait pas amené de progrès, seulement une très grande fatigue. Ce traitement interrompu, il espérait maintenant tenir son poste jusqu'à la fin de l'année. Après, il serait déclaré officiellement malade et attendrait tranquillement la naissance de leur enfant et peut être l'espoir d'un autre traitement.

Il finissait de ranger son bureau lorsqu'un mail de Chong arriva. Il sourit un instant avant de l'ouvrir en imaginant que son collègue avait enfin accepté son point de vue sur le dossier de recherche qui les divisait depuis plusieurs semaines. Après plusieurs jours de réflexion, il se rendait sans doute enfin à l'évidence de la qualité de ses arguments. Cela le mit de bonne humeur et chassa la mélancolie qui avait suivi son étourdissement.

Sur son portable il fit machinalement le numéro enregistré de Chong. La ligne était en dérangement. Il recommença immédiatement sans plus de succès. Relisant alors le mail reçu, il comprit que Chong avait indiqué un nouveau numéro d'appel sans doute à cause de ce problème sur le numéro habituel :

« *Bonjour Chong, c'est Lee* »

« *Bonjour Docteur Lee, ce n'est pas Chong au téléphone mais surtout ne quittez pas car j'ai besoin de vous parler. Pouvez-vous vous assoir un instant et m'écouter attentivement ?* »

La discussion entamée de la sorte avec un parfait inconnu dura exactement cinquante-deux minutes. Lee en ressorti exténué. Sa femme l'avait appelé deux fois entre temps mais il ne l'avait pas prise. Il lui dirait que

Chong l'avait accaparé avec son problème sur leur dossier commun.

Dès le début de leur échange avec l'inconnu, il fut clairement établi qu'il devait prendre une décision immédiate et in fine, cette décision fut assez facile à prendre. Oui il allait coopérer. Avec la condition bien comprise de n'en parler à personne. Avec le sentiment très puissant qu'il servait son pays dans sa reconquête de son territoire. Avec aussi l'assurance que sa famille serait ensuite à l'abri du besoin.

Il donna à son interlocuteur un délai technique d'environ neuf - dix jours, délai maximum qui lui sembla raisonnable pour fournir un récipient de dix litres de solution. Un coup de fil au même numéro serait nécessaire pour organiser la remise du produit.

La fatigue était toujours présente dans son corps mais en regardant à nouveau le parking où il ne restait plus maintenant que quelques voitures, il eut le sentiment d'être animé d'une énergie nouvelle. Il se mettrait au travail dès le lendemain matin à l'aube.

Après avoir rappelé son épouse et l'avoir rassurée, il se décida à rentrer chez lui.

A près de deux mille kilomètres au sud et dès le téléphone raccroché, Zang ferma les yeux de bonheur, littéralement terrassé par la joie d'avoir réussi. Les morceaux du puzzle continuaient de s'assembler petit à petit avec harmonie.

Chang Hui de son côté fit au milieu de la pièce quelques pas d'une danse bizarre que n'aurait pas reniée un footballeur célébrant son dernier but.

Le long coup de fil au docteur Lee fit qu'ils avaient laissé passer l'heure habituelle de leur diner. Le dernier maillon de la chaine était maintenant bouclé, exactement comme Zang l'avait imaginé. Enfin presque.

Ce dernier regarda l'heure et apostropha sa coéquipière :

« *On descend maintenant où tu nettoies le coup de fil avant le repas ?* »

« *Je ne veux pas enlever le coup de fil car dès le début, il est enregistré pour être facturé et deux appels extérieurs non aboutis ont été entendus - donc un ou deux témoins potentiels pour dire que Lee téléphonait. Mais je vais faire en sorte qu'il apparaisse destiné à quelqu'un d'autre, sa femme par exemple* » répondit-elle

« *Je renonce définitivement à comprendre ce que tu peux faire ou non* » dit Zang en secouant la tête.

« *Allons manger* » décida-t-il en se levant

En attendant leurs plats, Chang Hui voulut répondre plus précisément à la question implicite de Zang concernant ce qu'elle pouvait faire :

« *Je vais t'expliquer pour mon travail* » commença-t-elle

« Imagine des portes, des portes qu'il faut ouvrir. J'ai tout un tas d'outils différents à ma disposition pour ouvrir ces portes, certains qui permettent de le faire sans effraction – donc sans se faire voir – d'autres qui font tout « péter » mais qui laissent des traces. »

« Ces outils sont personnels et deviennent de plus en plus sophistiqués lorsque l'on prend de l'expérience. Cela étant, il y a quelques outils de base que tous les hackeurs utilisent pour des ouvertures simples »

« Chaque système informatique possède plus ou moins de portes mais l'enjeu n'est pas vraiment dans les portes, il est dans le temps et la discrétion. Théoriquement, tout ouvrir est possible mais plus c'est long, plus tu peux te faire surprendre »

Zang leva une main pour interrompre la jeune femme

« Bon, j'ai compris l'histoire des portes et de la discrétion mais que vient faire le temps là-dedans ? »

Ils furent interrompus par l'arrivée des plats. Zang avait commandé une bouteille de vin pour fêter ce passage d'étape réussi. Vin et cacahuètes, la promesse d'un très bon moment.

Au moment de continuer son exposé, un des téléphones prépayés de Chang Hui vibra.

« *Une nouvelle attaque* » dit-elle après avoir regardé l'écran.

« *Je remonte immédiatement* »

Zang continua mécaniquement à grignoter mais le cœur n'y était plus. Il fit un signe au serveur et décida de remonter aussi. Normalement, ils avaient une liaison à trois avec Puyo et le professeur Guarini en toute fin de soirée.

Il connaitrait la fin de l'histoire des portes une autre fois.

Il pria pour que Chang Hui rétablisse à temps une liaison propre.

CHAPITRE 24

26/27 novembre 2019

La nuit était tombée depuis longtemps lorsqu'ils raccrochèrent avec le professeur Guarini. Il avait fallu presque une heure à Chang Hui pour rétablir une connexion sécurisée.

L'échange avec Puyo avait été riche et intense. Echange étrange et presque magique aussi car après une entrée en matière remarquablement subtile du Professeur, Puyo avait parlé anglais.

Vraiment parlé. Un anglais approximatif et très incomplet bien sûr. Des oui et des non au début. Des bouts de phrase ensuite, jamais très longs. Mais pour quelqu'un qui refusait obstinément jusqu'alors de parler chinois avec quiconque, de parler tout court en fait, c'était un véritable miracle.

Cela s'était fait finalement avec beaucoup de naturel. La voix rocailleuse et l'accent très personnel de Guarini avaient beaucoup participé au dépaysement, à la nouveauté. La curiosité et l'immense envie de découvrir de Puyo avaient fait le reste. L'ensemble l'avait emporté sur son habituelle réticence abyssale vis-à-vis d'autrui. Chang Hui avait très bien préparé le terrain avec ses inlassables liaisons hebdomadaires qui avaient petit à petit installé la confiance avec son frère mais l'intervention du professeur avait été clairement décisive.

La liaison avec Puyo terminée, Guarini avait souhaité faire un débriefe immédiat avec Chang Hui et Zang. L'unique question, la question essentielle en fait, était de savoir si Puyo serait prêt, d'après l'expert qu'il était, à quitter sa situation actuelle pour voler vers d'autres horizons. Guarini commença par expliquer que le rendez-vous avait été une réussite exceptionnelle :

« *Pour être très clair avec vous, j'attendais infiniment moins de cette première. Puyo a réagi beaucoup mieux que prévu. Je dirais qu'il fait partie des quelques pourcents de cas qui répondent parfaitement à ma théorie sur le changement de langue. Je peux même affirmer que c'est un de mes meilleurs clients à date.* » insista-t-il

« *Maintenant, cette réussite initiale ne préjuge pas de la suite. Logiquement, pour mettre toutes les chances de notre côté, il faudrait réunir deux conditions : que Chang Hui continue de parler régulièrement anglais avec lui chaque jour de façon à ce qu'il progresse à l'oral et se sente de plus en plus à l'aise. Je dis bien parler, pas écrire.* » Guarini fit une légère pause.

« *Ensuite que nous tenions différentes rencontres cette fois-ci en présentiel, la première d'ici un mois environ, pour que je continue mon travail de fond avec lui, les yeux dans les yeux. Mais si j'ai bien compris, vous n'avez pas de temps et de mon côté il m'est impossible de venir le voir dans ce délai.* »

Zang était resté tout ce temps en retrait – Puyo ne connaissait même pas son existence – Il décida d'intervenir :

« *Cher ami, tu as merveilleusement résumé la situation. Le sujet est manifestement très réceptif mais la situation comme tu le sais n'est pas idéale. Transformons donc tes deux conditions en simples contraintes et voyons comment on peut imaginer la suite pour aller dans le sens souhaité. Nous avons maximum deux semaines devant nous et ensuite un hypothétique voyage au Portugal. Intégrons tout cela de façon à continuer à avancer.* »

Guarini prit le temps de la réflexion pour répondre :

« *Compte tenu de la réussite d'aujourd'hui, programmons alors une deuxième réunion à distance d'ici quinze jours et dans l'intervalle faites le maximum pour continuer de le faire parler en anglais. Nous verrons l'évolution et je me prononcerai alors plus précisément.* »

Zang remercia longuement son ami et juste avant de se quitter, Guarini demanda des nouvelles de la personne dont il avait vu le scanner.

« *Ton diagnostic a confirmé malheureusement ce que j'avais craint pour cet ami. Je t'en parlerais plus longuement lorsque nous nous verrons. A très bientôt* » répondit Zang en espérant que son ami oublie cette promesse d'en reparler.

Chang Hui et Zang se retrouvèrent d'un seul coup dans le calme complet, un peu hébétés. Surtout la jeune femme qui n'était pas encore vraiment remise d'avoir entendu la voix de son frère. Malgré l'heure, ni l'un ni l'autre n'avait encore envie de dormir.

« *Je ne te remercierais jamais assez* » dit Chang Hui d'une voix un peu cassée par l'émotion, incapable d'en dire plus.

Zang ne releva pas. Cela faisait partie du contrat qu'ils avaient passé. Il se projetait déjà dans l'avenir.

« *En admettant que Puyo accepte de t'accompagner, comment comptes-tu t'y prendre pour l'enlever de chez tes parents ?* » demanda-t-il

Chang Hui redescendit rapidement sur terre :

« *Honnêtement, je n'y ai pas encore réfléchi. Je rêve depuis le début de partir avec lui mais jusqu'alors je me suis obligée à réfléchir étape par étape, Peut-être par superstition, je ne me suis jamais projetée plus loin. Comment ferais-tu toi à ma place ?* » lui demandant par-là clairement son aide.

Zang passa sa main mutilée sur son front et dans les cheveux avant de lui répondre :

« *Je ne sais pas, il faut que j'y réfléchisse. Mais nous allons avoir de longues journées pour y penser car maintenant la balle n'est plus dans notre camp. Ta priorité immédiate est de muscler son anglais et de continuer à enrichir la relation avec ton frère. La mienne est d'attendre et de ne pas devenir fou. »*

« *Allons dormir* » ajouta-t-il

CHAPITRE 25

30 novembre 2019

Le général Fushaw enlevait une poussière imaginaire de sa table de travail parfaitement vide lorsque Wong, un de ses hackeurs préférés, passa la porte de son bureau.

« *Alors, où en es-tu de ta chasse sur le dossier 1280 ?* »

« *En résumé mon Général, je n'ai rien, aucune piste sérieuse. Comme vous l'aviez demandé, j'ai cherché partout pendant une semaine où pouvait être 1280. Ses deux téléphones officiels sont fermés depuis son départ. Son mail professionnel est toujours actif mais sans aucune intervention de sa part. Si elle navigue sur internet, c'est avec de très grandes précautions car je n'ai rien trouvé qui puisse me permettre de tirer un fil.* » Wong reprit sa respiration :

« *J'ai pris l'initiative de passer son visage à tous les commandants de provinces en charge des reconnaissances faciales. Ils ont analysé plusieurs semaines de stockage et il n'y a eu aucune apparition sur une caméra, qu'elle soit publique ou privée. Elle n'est pas sortie du territoire. Du moins officiellement. Je n'ai absolument rien* » conclut Wong

« *Elle serait morte, ce serait du pareil au même.* » ajouta-t-il

Le Général ne fit pas de commentaires. Il sortit un mince dossier d'un tiroir et le consulta à nouveau.

« *Toujours rien sur les téléphones portables qu'elle a emmenés avec elle ?* »

« *A part le numéro qui a été connecté plusieurs fois avec la fille de Monsieur Zang, rien sur les autres* » confirma Wong qui était manifestement gêné d'avoir si peu rapporté à son patron.

Relisant les quelques notes, Fushaw se souvint d'un coup que 1280 avait travaillé plusieurs mois sur le logiciel de reconnaissance faciale. Cela voulait sans doute dire que si elle avait eu besoin de se déplacer sans se faire repérer, il est probable qu'elle aurait su détourner le système.

La jeune femme était trop habile et trop rompue aux manipulations tordues pour laisser une trace derrière elle. Il aurait peut-être dû faire un autre choix lorsque le Président l'avait appelé.

Il congédia d'un geste de dépit Wong qui était resté presque au garde-à-vous devant son bureau dans l'attente d'un ordre.

La seule piste revenait toujours à Zang qui avait utilisé plusieurs fois un des numéros de téléphone anonymes du service emportés par 1280. Numéro depuis inaccessible. Le problème était que Zang faisait partie de la garde rapprochée historique de Qi, probablement un des plus anciens et des plus fidèles. S'il devait émettre un jour une quelconque critique contre lui, il lui faudrait un dossier très très solide.

L'autre souci était qu'en fait personne ne lui demandait rien. Sauf qu'un de ses meilleurs éléments était absent sans information sur sa prochaine date de retour.

Ce n'était tout de même pas à lui de faire un mail à 1280 ! Ce serait une perte de face tout à fait insupportable. D'autant qu'il lui avait bien spécifié avant qu'elle ne parte de l'informer très régulièrement. Ce qu'elle n'avait pas fait.

Que pouvait bien faire 1280 avec Zang depuis tout ce temps ? Cela faisait exactement six semaines qu'elle était partie. Il sentait confusément qu'il y avait quelque chose d'anormal dans cette mission et dans la durée de celle-ci.

Zang était un professionnel éprouvé avec une large équipe. Il avait eu l'occasion de mesurer plusieurs fois son immense compétence en matière de documentation. Quel type de documents ne lui était pas accessible par des voies classiques ? Pourquoi avait-il eu besoin d'un hackeur de haut niveau ?

Fushaw était trop vieux dans ce métier du renseignement pour ne pas sentir quelque chose d'anormal dans cette situation. Et l'autre écervelée qui ne donnait pas de nouvelles ! Il pensait déjà au jour où il la recevrait dans son bureau. Un grand défoulement en perspective. Avant même toute explication.

En plus, la tentative d'obtenir des informations en appelant la fille de Zang avait été particulièrement mal gérée. Le responsable maladroit de l'appel avait été depuis dégradé et affecté au troisième sous-sol du bâtiment en charge de la numérisation d'archives papier...Avec la consigne express de ne jamais parler de cette affaire s'il n'avait pas envie d'aller surveiller des Ouighours dans un camp de rééducation au fin fond du Xinjiang.

Le Général remis le dossier 1280 dans le tiroir des affaires « chaudes » en cours. Il avait sa réunion trimestrielle habituelle privée avec le Président le 15 décembre et il aurait bien aimé arriver avec des billes. Jusqu'alors, il s'était interdit de lancer Wong sur Zang, un des bras droits de Qi, car c'était un terrain miné, un terrain hautement sensible. De quel droit d'ailleurs aurait-il pris l'initiative de faire une pareille chose ?

Il se donnait encore une semaine avant de rouvrir ce dossier. Il lui fallait absolument trouver une nouvelle idée.

CHAPITRE 26

9 décembre 2019

Pendant que Chang Hui empilait les heures à échanger en anglais avec son frère, Zang profitait du temps clément et passait la plupart de ses journées dans le parc. Jusqu'à trois ou quatre heures de marche rapide par jour sans oublier les longs moments de contemplation de la mer assis au soleil sur le même banc. Au point que depuis son arrivée, il lui semblait avoir sans doute perdu un kilo ou deux ce qui ne pouvait pas lui faire du mal.

Cela faisait onze jours qu'il avait eu son entretien avec le docteur Lee et tous les quarts d'heure, il vérifiait que son téléphone marchait correctement. Cette attente le minait un peu et le doute commençait depuis deux jours à s'insinuer petit à petit dans son esprit.

L'après-midi était bien avancé et il rentrait dans l'hôtel pour prendre une nouvelle tasse de thé vert quand la sonnerie de son téléphone le surprit. Il respira un grand coup avant de ressortir et d'accepter l'appel.

« *Votre colis est prêt* » dit une voix qu'il eut du mal à reconnaitre tant elle était crispée.

« *OK merci beaucoup, je vous rappelle dans quelques minutes pour convenir de la livraison* » répondit-il

Zang avait été briefé par Chang Hui. Pas question de passer plus de temps que nécessaire en ligne pour éviter tout repérage avec ce téléphone qui avait déjà servi. Arrivé dans sa suite, il sortit la feuille où il avait noté les horaires d'avion au départ de Sanya. Il avait encore largement le temps de prendre un vol direct de Eastern qui arrivait vers vingt et une heures.

Muni de ses codes Premium, il se connecta sur le site de la compagnie aérienne et prit un billet d'avion aller-retour ainsi qu'une réservation de voiture. Il s'assura en téléphonant directement au loueur qu'il pourrait bien prendre le véhicule malgré l'arrivée tardive du vol. Cela étant fait, il rappela le docteur :

« *Je passerai chercher le colis à partir de minuit. Laissez exceptionnellement votre voiture dehors devant chez vous et laissez le colis dans le coffre. Mettez la clé derrière le pneu avant droit et je la remettrai au même endroit.* » précisa-t-il au docteur

« *N'oubliez pas de mettre des gants et un masque lorsque vous manipulerez le produit* » répondit le docteur.

« *J'y penserai Docteur. Sous quelle forme se présente la livraison ?* » demanda Zang

« *Quatre grandes bouteilles d'eau en plastique.* »

« *Merci encore Docteur. Ne soyez pas inquiet pour la suite, je tiendrai mon engagement.* » dit Zang en raccrochant.

Zang resta un grand moment sans mouvement dans son fauteuil, comme une baleine échouée sur la plage après la tempête. Ces onze jours d'inactivité l'avaient en fait complètement épuisé nerveusement. Après six semaines très intenses, cette coupure avait été longue et difficile. Il fallait absolument qu'il reprenne de l'élan.

Il dû se secouer pour préparer une valise avec les équipements de sécurité demandés par le docteur et des serviettes pour caler son futur précieux chargement. Il n'avait pas prévu de prendre d'hôtel. Après avoir récupéré sa livraison, il reviendrait tranquillement à l'aéroport pour dormir dans la voiture et reprendre le premier vol du matin vers Sanya. Rebranchant son ordinateur, il passa un moment à situer l'adresse personnelle du docteur Lee.

Il appela Chang Hui pour la tenir au courant et une fois ensemble ils convinrent de différentes dispositions afin de pouvoir circuler sans trop se faire voir. Il lui demanda d'imprimer un plan reliant l'aéroport, le centre-ville et le quartier où habitait le docteur Lee.

Il se fit un pense-bête très précis pour parvenir chez le docteur à partir de l'aéroport. Il était évidemment hors de question d'ouvrir son téléphone lorsqu'il serait sur place et il connaissait à l'avance les difficultés pour se repérer dans des quartiers qui se ressemblaient tous. Quartiers construits à la chaine suite à l'urbanisation massive et ininterrompue des trente dernières années.

Dans l'attente du taxi qui devait le conduire à l'aéroport, il étudia avec le plus grand soin les différents plans qui devraient lui permettre de se déplacer.

CHAPITRE 27

9/10 décembre 2019

A cause de l'arrivée tardive de l'appareil, le vol avait déjà près d'une heure de retard sur l'horaire prévu. Heureusement qu'il n'avait pas donné de rendez-vous précis pour la livraison. Cette situation le mettait sous pression car il avait absolument besoin d'une voiture à l'arrivée. Pas question d'utiliser un taxi. Il rechercha dans ses papiers le numéro du loueur et s'assura juste au moment de l'embarquement que quelqu'un serait bien là à l'arrivée de l'avion. Etre un client Premium lui donnait ce type de privilège.

Il était largement plus de minuit lorsqu'il arriva dans les rues de la résidence assez cossue où habitait le docteur Lee. Cela ressemblait aux compounds habituellement alloués aux étrangers travaillant dans les grandes métropoles. La surveillance avec gardien en moins.

Il s'était mis d'accord avec Chang Hui pour qu'elle éteigne pendant quatre heures toutes les caméras fixes de ce quartier de façon que ni sa voiture ni lui-même ne puissent être enregistrés. Il passa doucement devant le domicile du docteur et finit par repérer la voiture du docteur qui était garée perpendiculairement à la rue devant son garage. Il fit demi-tour au bout de la rue et revint se mettre le long du trottoir juste derrière le coffre qu'il devait ouvrir.

Zang resta une bonne vingtaine de minutes immobile dans la voiture. Il n'avait pas vraiment peur mais ce n'était pas non plus la grande décontraction. Il redoutait d'être surpris par un insomniaque qui pourrait appeler la police. Pendant tout ce temps, il n'y eu aucun mouvement d'aucune sorte dans la rue.

Il mit un bonnet noir et ses lunettes de vue. Par-dessus un masque chirurgical classique, Il s'entoura le bas du visage d'un foulard foncé car il n'avait pas trouvé d'autres masques que des masques clairs.

Des gants enfilés, il sortit sans bruit en laissant sa porte entre-ouverte et alla tâtonner sous le pneu avant droit de la voiture du docteur pour prendre le précieux sésame. Muni de la clé il ouvrit le coffre avec d'infinies précautions. Les bouteilles étaient là posées en évidence avec un petit mot manuscrit qu'il mit aussitôt dans une poche. Deux par deux, il mit les bouteilles derrière son siège, là où il avait ouvert sa valise de transport. Au poids, il estima que c'était des bouteilles d'environ un litre, peut-être un peu plus. Assez loin des 10 litres prévus. Lee devait avoir eu un souci pour en fournir plus.

Le transfert terminé, la valise fermée, il remit les clés en place, referma coffre et portes, et s'astreint à nouveau à rester un bon quart d'heure sans bouger. Il était plus de deux heures lorsqu'il repartit silencieusement à petite vitesse avec la seule propulsion électrique de la voiture pour éviter tout bruit.

La sueur lui coulait dans le dos. Passé le premier grand carrefour, il poussa un énorme cri à s'en faire mal à la gorge espérant sans doute faire tomber de la sorte toute la pression accumulée. Toujours sous la couverture des caméras aveugles du quartier, il se gara sous un réverbère afin de prendre connaissance du papier. Malheureusement, il n'y avait pas assez de lumière et il ne voulait surtout pas allumer son téléphone. Il ne put rien lire.

Avec un sourire aux lèvres, il se demanda si Chang Hui avait programmé l'extinction des caméras avant de se coucher ou si elle gérait en direct la situation. Excité comme pas possible, Il fut tenté l'espace d'un instant de sortir un bras par la fenêtre pour lui faire un signe de victoire.

Zang décida de passer par le centre-ville afin de pouvoir enfin lire le document qui était sur les bouteilles, supposant ainsi qu'il y aurait plus de lumière. Il commença par se perdre ou tout du moins il se cru perdu car il atterrit dans une zone industrielle immense peu animée avec pour seul trafic des camions de toutes sortes. Se garant dans une impasse, il sortit pour respirer un peu d'air frais, fit quelques pas et en profita pour uriner contre un mur.

Trois heures à sa montre et il n'avait pas envie de dormir. Il reprit le volant et cette fois fit les bons choix en s'orientant grâce au halo de lumière que dégageait le centre de la ville. Petit à petit, il croisait plus de voitures, également beaucoup de deux-roues d'ouvriers ou d'employés qui allaient sans doute prendre leur travail. Arrivé sur une grande place qu'il fut capable situer sur son plan, il fit une nouvelle pose sous une lumière. Le papier du docteur donnait tout simplement des indications précises de sécurité personnelle à respecter pour éviter tout problème lors de la manipulation du produit.

Au moment de repartir vers l'aéroport, il consulta à nouveau son plan et vit qu'il était à deux pas du marché de gros aux animaux sauvages de la ville.

Cette information se télescopa immédiatement dans sa tête avec le rapport initial du docteur Chan qui avait mentionné les animaux sauvages comme possibles porteurs et transmetteurs de la maladie à l'homme.

Il eut soudainement une idée, un flash ! Une inspiration. Il redémarra aussitôt en cherchant cette fois une rue sombre.

Zang n'avait rien pris en dehors de la valise qui contenait maintenant les bouteilles de produit bien calées. Il fouilla avec fébrilité en vain dans le coffre à la recherche d'un quelconque flacon. Vide. Après avoir inspecté toute la voiture, il trouva enfin dans la boite à gants un vaporisateur pour le dégivrage du pare-brise.

Quelques minutes plus tard, le flacon vidé et la pompe purgée dehors, il s'installa avec précaution sur la banquette arrière. Equipé avec gants et masques propres, il ouvrit un des gros flacons et parvint sans en renverser à transvaser un peu de liquide dans le petit flacon de dégivrage. Il n'eut plus qu'à visser la pompe pour avoir en main son premier distributeur de maladie.

Il était près de quatre heures et demie lorsqu'il arriva dans l'enceinte du marché de gros des animaux sauvages à ciel ouvert dont ses compatriotes étaient si friands. Il y avait encore peu d'animation, le « coup de feu » étant plutôt de cinq à six. Il aurait bien aimé que Chang Hui éteigne les caméras de ce secteur mais c'eut été lui dévoiler beaucoup trop de choses.

Caché derrière bonnet, masque et écharpe, il se mit tranquillement à déambuler dans le froid du petit matin devant les cages métalliques la plupart sans surveillance dans des allées encore désertées par les acheteurs.

Avec application mais discrétion, il commença à pulvériser les cages.

CHAPITRE 28

11 décembre 2019

« *Trente-huit flacons, pas plus* » s'exclama Chang Hui en jetant gants et masque sur le bord d'une console avec exaspération.

« *Il va falloir revoir les allocations de produit que nous avions planifiées* » ajouta-t-elle en hochant la tête, toujours en colère.

Zang était encore en peignoir, reposé, bien calé dans son fauteuil. Il était revenu tard de son voyage à Wuhan et après le diner pris très tôt à son arrivée, il avait expliqué à sa coéquipière ce qu'il avait fait. Il s'était ensuite couché pour près de douze heures. Ce genre d'expédition n'était décidemment plus de son âge.

« *Tu te rends compte, le quatrième flacon n'était même pas plein !* » continuait Chang Hui irritée de cette livraison limitée.

Toute à son agitation, elle ne vit pas le très léger sourire de Zang.

« *Je suis certain qu'il a fait de son mieux* » répondit ce dernier. « *Allons déjeuner car j'ai une faim de loup. Un deuxième repas en quarante-huit heures, ce ne sera pas du luxe. Nous ferons les envois après.* »

Pendant la grasse matinée de son compère, Chang Hui avait utilisé le petit balcon situé en bout de la suite, balcon invisible de l'hôtel lui-même car situé au dernier étage et en encorbellement. Un immense eucalyptus le protégeait des regards du parc et il aurait fallu un drone pour voir ce qu'elle y faisait.

« *Ça sent la menthe non ?* » questionna innocemment Zang alors qu'il venait de reconnaitre l'odeur qui l'avait étonné la veille.

« *Oui, il a mis ce parfum de menthe dans le liquide ce qui est plutôt malin. Malgré le transvasement en plein air et le masque, je l'ai immédiatement senti et bien reconnu* » répondit-elle

« *Etonnant pour un insecticide mais il avait peut-être une odeur forte à cacher* » conclut-il

Deux heures plus tard, ils avaient constitué des colis de six produits chacun, strictement identiques à ceux reçus. Zang avait taillé dans les quatorze destinations prévues à l'origine pour n'en garder que six, trois à destination de Hong Kong, une pour Macao et deux vers Taïwan. Il décida qu'il irait les expédier l'après-midi même.

« *Il faut aussi que l'on se débarrasse de la valise et de tous les flacons restants pleins et vides* » dit Zang en regardant la valise et tout le matériel qui trainait.

« *En faisant un grand tour du parc hier, j'ai vu qu'il y avait une espèce de grande crevasse à l'extrémité nord-ouest de la propriété où manifestement les jardiniers déposent régulièrement les feuilles mortes et les branches coupées et où ils les brûlent aussi. C'est bien trouvé car vu la dénivellation, c'est invisible de l'hôtel et aucune odeur ne peut y revenir. Derrière, c'est une colline inhabitée.* »

« *D'ailleurs, cela brûlait assez fort hier* » ajouta Chang Hui

« *D'accord, merci pour l'information. Nous ferons un grand ménage et nous irons dès la nuit tombée pour y faire bruler tous ces déchets* » conclut-il.

Pendant que Zang au volant d'une petite voiture électrique de l'hôtel allait à la poste, il fallut une petite heure à Chang Hui pour valider toutes les instructions qu'elle avait préparées quelques semaines plutôt pour cette partie logistique.

« *Bien, maintenant que la machine est lancée, il faut songer à toi* » dit Zang en picorant ses cacahuètes en guise d'apéritif.

« *Est-ce que vous avez fixé le rendez-vous avec le Professeur Guarini ?* »

« *Il m'a écrit qu'il était libre tous les soirs de cette semaine à l'heure habituelle* » répondit Chang Hui. « *Je vais confirmer le rendez-vous pour ce soir* »

« *Comment le sens tu avec ton frère ?* » demanda Zang

« *Je ne sais pas vraiment dire. Le fameux dernier rendez-vous avec le professeur a été suivi par un plateau assez sympa puis une descente en pente douce que je n'ai pas pu stopper. Après que Guarini l'eut fait parler en anglais, il a continué de répondre et de parler en anglais avec moi ce qui était formidable. Mais de moins en moins. Petit à petit il a mélangé oral et écrit. Et pourtant, son anglais est vraiment meilleur. Il est très à l'aise au point que nous ne communiquons plus en mandarin. Je l'ai testé en parlant très vite et il capte presque tout. Mais depuis trois jours et malgré mes demandes répétées, il ne répond qu'à l'écrit* » répondit la jeune femme manifestement dépitée.

« *Tu l'as dit à Guarini ? Après tout c'est peut-être normal* » dit-il en espérant atténuer la tristesse évidente que véhiculait la réponse de sa coéquipière.

« *Non pas encore, je vais lui faire un rapport précis avant notre connexion* » répondit-elle

« *Nous avons fini notre travail ici, j'ai d'ailleurs quasiment terminé mes valises* » indiqua Zang

« *Si Guarini et toi êtes d'accord, je propose que tu ailles le chercher rapidement et que vous partiez dans la foulée* »

Chang Hui resta un moment rêveuse, le regard perdu et interrogateur. Comme si elle attendait quelque chose.

« *Je peux t'accompagner si tu le souhaites* » précisa Zang lorsqu'il comprit qu'elle n'attendait que cela.

« *Merci. Oui ce serait super* » dit-elle simplement avec des larmes dans les yeux.

Resté seul, Zang regarda une dernière fois les courriels de son équipe. Dans quelques jours, il reprendrait le cours habituel de son travail auprès de Qi et cela lui faisait tout drôle d'y penser. Et s'il prenait un peu de recul ? S'il devenait simple conseiller en laissant la direction de son service à son adjoint ? Après tout ce dernier avait très bien assuré.

Passant en revue ses derniers courriels, Zang vit un mail de Shu qui retint toute son attention. Il le relut plusieurs fois :

« Bonsoir Patron. J'ai eu la visite du Général Fushaw ce soir. Il m'a dit t'avoir prêté un document pour la rédaction de ton livre et il aimerait savoir quand le récupérer car il en a un grand besoin. Il attend ton coup de fil »

Finalement, il avait eu raison en pensant à lui pour l'appel bizarre mais très insistant à sa fille. Fushaw s'impatientait et il pouvait le comprendre. Cette fois, Il ne pourrait pas ne pas répondre.

Chang Hui était repartie dans sa chambre avant l'échange à venir avec Guarini.

Il la rappela immédiatement.

CHAPITRE 29

13 décembre 2019

De temps à autre, il actionnait l'essuie-glace histoire de nettoyer le pare-brise de la pluie orageuse qui s'abattait sur Macao. Une pluie à l'unisson de l'ambiance du moment. La voiture de location était garée sur le parking désert du golf qui s'étend le long de la mer, tout proche de l'aéroport international.

Zang avait trouvé cette solution hors de toute caméra indiscrète pour échanger en toute sécurité pendant les quatre heures d'attente avant le vol qui devait emmener Chang Hui vers l'Occident.

Il ne voulait pas que quelqu'un puisse les voir ensemble, tant pour elle que pour lui. Ils avaient pris l'avion de Sanya vers Macao comme deux étrangers. Il avait décidé de passer ces derniers moments avec elle, peut-être inconsciemment pour être certain qu'elle prendrait bien son avion.

De l'extérieur, ils passeraient sans doute pour des amoureux. Sa prudence s'avérait tout à fait académique d'ailleurs vu l'absence complète de promeneurs sous un pareil déluge.

L'avant-veille au soir, le contact entre son frère et le professeur Guarini s'était plutôt bien passé. Comme par magie, Puyo avait reparlé sans problème et dans son for intérieur, Chang Hui en avait été profondément blessée. Elle avait passé des heures à donner à son frère du temps, de l'énergie, des encouragements. Et après quelques jours, il ne lui avait plus parlé. Sans explication. Sans même le début d'un merci. Puyo était heureux de dialoguer avec elle. Uniquement de la façon qu'il décidait. Point.

Manifestement, le contact avec le professeur lui apportait quelque chose de plus. Une nouveauté qu'elle-même était incapable d'apporter.

Le plus dur était en fait à venir. Après l'échange, Guarini avait pronostiqué que Puyo n'était pas encore mûr pour quitter sa situation actuelle. Trop jeune, trop peu confronté à l'extérieur. Trop rapide. Trop enraciné dans sa situation actuelle. Une situation confortable et agréable à ses yeux quoique l'on puisse en penser avec des yeux extérieurs.

Chang Hui avait contesté ce diagnostic mais le lendemain matin avait été terrible. Lorsqu'elle avait expliqué à son frère qu'elle quittait le pays pour un moment, Puyo lui avait juste demandé si elle continuerait de le contacter sur internet. Lorsqu'elle avait affirmé qu'elle allait voir Guarini, il s'était réjoui de pouvoir leur parler ensemble à nouveau.

De départ il n'en était pas question. Est-ce que le mot « départ » avait d'ailleurs un sens à ses yeux ? Lui qui n'avait jamais mis un orteil dehors.

En feuilletant machinalement le passeport de son frère devenu inutile, elle était restée longtemps prostrée et muette. Tout le monde qu'elle avait construit s'écroulait en miettes.

En fin de journée, Zang avait fini par forcer le passage dans sa bulle de désespoir. La demande du Général attendait une réponse. Elle devait prendre une décision sur son avenir immédiat. Avant leur dernier diner à l'hôtel, il devint plus incisif, plus directif. Il lui parla très longtemps avec le sentiment parfois de prêcher dans le vide.

Un moment, il eut même peur d'être contraint de trouver une solution définitive. Son esprit s'envola un instant vers la crevasse derrière l'hôtel. Il s'imaginait accomplissant un geste fatal. La dernière porte de sortie si elle ne pouvait pas reprendre pied.

Elle sortit soudain de son égarement, fixant son vis-à-vis avec des yeux secs :

« *Merci Zang de tout ce que tu fais pour moi. Je suis désolée vraiment. Je…* »

Il lui coupa la parole :

« *Calme toi. Rien n'est définitif. Comme l'a dit Guarini, il est jeune et rien ne dit qu'avec le temps les choses ne vont pas évoluer. Tu as fait tout ce que tu pensais bien pour lui. Tu as tout donné pendant des mois. Ne devient pas égoïste maintenant. Respecte son choix. C'est ton monde que tu avais construit pour vous deux. Manifestement pas le sien. Pas encore.»*

Elle ne répondit pas mais secoua la tête en signe d'assentiment.

Ils reprirent ensuite le cours de leur mission comme si de rien n'était. Ou presque. Non elle ne rentrerait pas à Pékin. Oui elle se construirait une nouvelle vie. Ils réservèrent les avions qui devaient les renvoyer vers leurs avenirs respectifs.

La pluie ne diminuait pas d'intensité. Elle posa soudain sa tête sur l'épaule de son voisin. Elle pleurait en silence, vidant ainsi tout le malheur qu'elle avait accumulé ces dernières quarante-huit heures.

Dans l'habitacle devenu étouffant de moiteur, Zang se sentit gagné par un sentiment de vide. Les larmes de sa jeune coéquipière étaient contagieuses. Il s'abandonna un moment à une envie de rien. Juste une envie de rien. Il se tourna vers elle et eut envie de lui avouer qu'il n'avait pas envie qu'elle parte.

Après un moment, les pleurs se tarirent.

« *Tu me donneras des nouvelles* » demanda-t-il doucement. « *Discrètement bien sûr, comme tu sais si bien faire* »

Zang aurait aimé lui dire des choses plus fortes, plus personnelles mais les mots ne vinrent pas.

Chang Hui redressa sa tête et le regarda dans les yeux.

« *Oui. Tu pourrais aussi venir me voir quand tu viendras visiter Guarini* » répondit-elle avec un mince sourire.

« *Dès que je peux, c'est promis* » conclut-il très ému avant de redémarrer le moteur.

Le temps du départ étant venu pour sa coéquipière, il prit le chemin de l'aéroport.

L'avion parti et la voiture rendue, Zang ralluma son portable professionnel qui n'avait plus servi depuis des semaines et appela le numéro donné par Shu :

« *Bonjour Général, désolé de vous rappeler si tard mais j'étais dans mes bagages puis dans mon voyage de retour. Que se passe-t-il avec Chang Hui ?* » demanda-t-il d'un ton parfaitement calme

« *Bonjour Zang, merci de me rappeler. Je souhaite simplement savoir quand elle revient à Pékin.* » répondit sèchement Fushaw manifestement agacé par cet appel tardif.

Volontairement, Zang pris son temps pour répondre :

« *Je ne comprends pas bien la question cher ami. Chang Hui est restée une seule semaine avec moi. J'avais un point très spécial à documenter et elle a réussi à le faire en quelques jours. Elle est vraiment brillante, très forte dans son domaine.* » Il laissa passer un long silence.

« *Si j'ai bien compris, elle est ensuite partie quelques jours au Vietnam en vacances. Elle ne m'en a pas dit plus. J'ai d'ailleurs pensé que c'était en plein accord avec vous* » conclut Zang

Fushaw compris instantanément que quelque chose n'allait pas mais qu'il était inutile d'insister devant cette affirmation étonnante.

« *Désolé Zang pour ma question et le dérangement, son responsable aura omis de me le faire savoir. Bon retour sur Pékin. A très bientôt* » et il raccrocha.

La veille, Chang Hui avait fait le nécessaire pour inscrire son ancien passeport en sortie à DongXing, ville chinoise à la frontière avec le Vietnam. Son visage n'apparaitrait sur aucune caméra mais cela leur demanderait beaucoup de travail pour comprendre ce qui s'était passé, si tant est que les équipes de Fushaw le fassent.

Zang s'avança tranquillement vers le vol pour Shanghai. Sa fille l'attendait.

CHAPITRE 30

15 décembre 2019

Le Général Fuschaw arriva en avance à son rendez-vous avec le Président. Il ne savait pas encore s'il parlerait de Zang et de son hackeur ou non. Il en avait certes envie mais cela dépendrait en fait du déroulement de son entrevue, le sujet du jour étant le combat de l'exécutif chinois contre les réseaux sociaux étrangers.

Après le coup de fil de Zang, il s'était longuement défoulé sur le malheureux Wong qui ne gagnerait pas de galons avec ce dossier. Ils avaient effectivement retrouvé trace de la sortie de Chang Hui vers le Vietnam mais la province de Guangxi où se trouvait cette frontière ne gardait à peine qu'un mois d'images alors que le pouvoir central recommandait un an pour les entrées et sorties du territoire et trois mois minimum pour le reste des caméras !

Le résultat fut qu'ils ne purent pas visualiser le passage physique de la frontière, la sortie étant vieille de cinq semaines. Manque de moyens de cette région autonome plus pauvre que la moyenne ? Manque de réelle volonté pour laisser prospérer les nombreux et juteux trafics avec cette partie du Vietnam ?

Pour se couvrir, le Général avait envoyé une note incendiaire au Gouverneur de la province sachant pertinemment que cela ne servirait à rien. Ce dernier avait d'ailleurs probablement vertement tancé le responsable des frontières qui lui-même se retournerait avec férocité vers le poste frontière de DongXing. Un lampiste finirait par voir son avancement gravement compromis.

Le résultat est que Fushaw n'avait rien de vraiment sérieux à se mettre sous la dent. Sa seule certitude était que pour une raison inconnue, il avait perdu un très bon élément. Il ne comprenait pas cette histoire de vacances qui n'avait aucun sens et ce dossier ne laissait pas de l'étonner.

La réunion avec Qi se passa aussi bien qu'il l'avait espéré, les dispositions spéciales qu'avait demandé le Président étant maintenant pleinement opérationnelles. Voyant l'atmosphère très positive de leur tête à tête, Fushaw se décida :

« *Président, vous m'aviez demandé de mettre à la disposition du camarade Zang un hackeur de très haut niveau* »

« *Oui, je me souviens* » répondit Qi soudain aux aguets

« *Cela a été fait pour le plus grand bénéfice de Zang qui m'a très chaleureusement remercié il y a deux jours* » continua Fushaw pour lequel les superlatifs faisaient partie intégrante de son vocabulaire.

« *Parfait et je suis toujours heureux de constater la belle coopération entre mes services* » répondit Qi impatient d'entendre la suite.

« *Mon seul souci est que ce hackeur a disparu* » précisa-t-il devant la mine soudain sérieuse de son patron

« *Disparu ?* »

« *Oui. La personne a dit à Zang qu'elle partait en vacances après sa mission qui n'a duré qu'une seule semaine et elle n'est pas revenue au travail. Je n'ai eu aucune information. Elle aurait dû être à Pékin depuis un mois* »

Fushaw préféra ne pas parler du Vietnam car Qi lui aurait probablement demandé de la pister là-bas, ce qu'il ferait de toute manière. Mais il n'avait pas envie d'en reparler formellement avec lui s'il ne trouvait rien. Qi avait une mémoire d'éléphant !

« *Le problème est que cette personne connaissait beaucoup de choses de nos protocoles…* »

Brusquement en laissant mourir sa phrase, le Général se rendit compte qu'il n'aurait jamais dû évoquer ce sujet.

Surtout ne jamais soumettre à son patron un problème dont on n'a pas le début d'une solution. Le b a ba d'un bon collaborateur. Cette histoire le perturbait et il faisait décidemment tout à l'envers.

« *Que vas-tu faire Général ? Que propose-tu ?* » renvoya Qi intérieurement amusé de voir son subordonné en difficulté.

« *La probabilité la plus grande est qu'après des vacances bien méritées cette personne reviendra j'en suis certain* » répondit Fushaw avec un sourire de circonstance.

« *Je l'espère aussi. En tout cas, merci encore pour l'aide que tu as apportée à Zang* » conclut le Président

Lorsque Fushaw fut parti, Qi laissa échapper un gros soupir d'aise. Ainsi la balle était lancée et le problème du hackeur déjà réglé. Il avait hâte maintenant de voir arriver le tsunami.

« *Sacré Zang !* » se dit Qi

CHAPITRE 31

22 décembre 2019

Seize heures venaient tout juste d'être annoncés à la radio de sa voiture quand Tchou Lai badgea pour entrer au service technique de l'aérogare C où il travaillait. A peine son uniforme de personnel au sol enfilé, son chef d'escale arriva en courant et l'apostropha de façon véhémente :

« *Bouge tes fesses, on a un problème avec l'avion pour Milan de vingt et une heures. Il est arrêté pour une journée le temps de vérifier toute l'électronique.* »

« *Qu'est-ce qu'il a eu ?* » demanda machinalement Tchou Lai histoire de parler car il n'était pas vraiment curieux de nature.

« *Il a pris la foudre environ quinze minutes avant l'atterrissage. Les pilotes ont eu peur car les prises de températures sur l'aile droite ont donné des valeurs aberrantes et ils ont cru qu'il y avait le feu. Bon, il n'y avait rien et ça s'est bien terminé. Le commandant l'a posé en manuel sans autre problème.* » précisa son chef

« *C'est quoi la suite ?* »

« *Je cherche un avion de remplacement. Tiens-toi prêt pour un changement ou pour la procédure d'annulation* »

Heureusement que ce type d'incident n'était pas fréquent car il fallait faire coïncider la contenance en passagers et les procédures du nouvel avion avec la destination du vol initial et ses clients. Ce qui n'était jamais simple. Tchou Lai comprit que les prochaines heures seraient bien occupées. Il fit venir immédiatement sur son écran toutes les données du vol pour Milan.

Il décida ensuite de profiter de l'attente pour manger car il savait qu'il n'aurait plus beaucoup de temps après. Il avait d'ailleurs à peine avalé la moitié de son sandwich lorsque son patron revint en courant dans le bureau :

« *Coup de chance, on va avoir un appareil quasi-identique. Un tout neuf ou presque. Celui qui fait les vols très chargés du petit matin sur Taipeh. Il vient de repartir de là-bas et sera là dans deux heures. La compagnie locale nous le loue pour quatre jours car leur trafic à cette période leur permet d'utiliser un engin plus petit. Je t'envoie son immatriculation* »

Tchou Lai fit venir les données de l'appareil de remplacement. Il prit la check-list qui lui servait quatre ou cinq fois par an dans ces cas d'urgence et commença à envoyer des informations et des ordres vers tous les services d'appui et tous les employés concernés.

Il appela la tour pour que le vol de Taipeh vienne se mettre à la bonne porte pour son futur départ pour l'Italie. La centaine de voyageurs qui allaient arriver en seraient quittes pour changer d'aérogare et perdre un peu de temps mais cela lui évitait une manœuvre délicate et longue entre deux aérogares au milieu du trafic toujours intense du « Hong Kong International Airport ».

Lorsque l'avion se posa, il avait briefé et rebriefé avec une attention toute particulière l'ensemble de l'écosystème qui gravitait autour des appareils. Il attendit que les employés du ménage entrent pour nettoyer l'appareil pour y pénétrer à son tour.

Il ne lui restait sur sa liste que quelques instructions et consignes à passer sur place et le vol pour Milan ne partirait qu'avec moins d'une demi-heure de retard. Une vraie performance qui passerait inaperçue aux yeux de tous les hommes d'affaires et des familles italiennes qui rentraient dans leur famille pour Noël. L'avion était plein.

Un seul travail lui revenait sur sa liste. Pulvériser un anti moustique dans la cabine avant que les voyageurs ne montent. Il n'avait pas souvenir que cela soit nécessaire pour cette destination mais c'était attaché de façon très claire à la procédure pour cet appareil.

Et dans son métier, on ne dérogeait pas aux procédures, jamais. Il trouva les produits correspondants qui attendaient bien sagement comme prévu dans le coffre roulant des « divers » et il réquisitionna le contremaitre du ménage qui sortait en dernier pour l'aider à faire le deuxième couloir.

Cela faisait des semaines que Tchou Lai n'avait pas désinfecté lui-même une cabine. Il retrouva pourtant rapidement les bons gestes.

Sa seule surprise fut le parfum du produit qui lui sembla étonnant. Etonnant et nouveau, pas désagréable. Il chercha un moment dans sa mémoire. Il se tourna vers le contremaitre qui progressait comme lui le long des sièges dans l'autre couloir :

« *C'est de la menthe aujourd'hui, hein ?* »

CHAPITRE 32

24 décembre 2019

Zang avait retrouvé depuis trois jours avec plus de plaisir qu'il n'aurait imaginé le ronron de son bureau à Pékin. C'était une période très calme pour la garde rapprochée du Président car tout le monde occidental se préparait aux fêtes de fin d'année et en conséquence, les services chinois tournaient au ralenti. Chacun nettoyait ses dossiers et commençait à préparer leur propre nouvel an qui serait fêté cette prochaine année le 25 janvier, dans exactement un mois.

Selon la tradition, il recevrait alors la famille de sa fille et renouerait ainsi avec une habitude qui avait été interrompue depuis la mort de son épouse.

Il avait passé quelques jours à Shanghai et Pu dong chez sa fille sur le chemin du retour et il avait encore été surpris par les incroyables bouleversements dans ces deux villes. Des tours plus incroyables les unes que les autres poussaient comme des champignons et il était extrêmement fier de faire partie de ce groupe d'hommes qui menaient le pays vers une réussite aussi palpable, aussi visible.

Ce matin, il épluchait comme chaque jour attentivement le flot de dépêches avec une attention plus particulière sur celles du Hubei et de Hong Kong. Il avait calculé que si le produit faisait bien son œuvre, les premiers effets auraient dû se voir depuis le 22. L'attente commençait sournoisement à le stresser et par superstition, il n'avait pas encore souhaité rencontrer Qi faute d'avoir en main la preuve que la vague du futur tsunami était lancée.

La nouvelle arriva exactement à 11h33. Le docteur chef Xyan du Hubei venait de signaler une nouvelle épidémie avec un probable démarrage sur le marché aux animaux sauvages de Wu Han. Zang sortit sur son imprimante l'information complète et bien calé dans sa chaise, il en savoura à nouveau le contenu.

Xyan avait été prudent mais non alarmiste quelques mois plus tôt. Cette fois, il évoquait un gros problème et demandait la fermeture immédiate du marché à titre conservatoire et l'aide des experts nationaux pour qualifier ce nouveau virus apparemment transmissible entre les humains. Zang fit immédiatement un courriel à son patron et ami :

« Besoin de quelques minutes pour ton avis sur le projet de grand discours pour le nouvel an chinois »

Aux alentours de 16h, les deux hommes sortirent du bureau présidentiel et marchèrent lentement sur la fine couche de neige fraiche qui s'était invitée depuis le début de l'après-midi.

« *C'est parti* » indiqua Zang sans préambule.

Il expliqua ensuite la nature du tsunami, pourquoi il l'avait choisi, l'arme que cela pouvait constituer en matière de dispositions exceptionnelles pour l'exécutif et les points d'impacts Hubei et Hong Kong qu'il avait soigneusement sélectionnés. Il ne rentra pas dans le détail de son propre travail avec Chang Hui.

« *Quand cela arrivera-t-il à Hong Kong ?* » demanda Qi

« *Début janvier au plus tard* » assura Zang

« *Et Taiwan ?* » insista Qi

« *Normalement dans le même délai car j'ai un vol vers Taipeh qui va être traité* » compléta-t-il.

Zang ne pouvait pas savoir à ce moment qu'il n'y aurait jamais de vol pour Taipeh avec l'avion sélectionné.

Ils marchèrent un moment dans l'espèce de ouate un peu hors du temps qui les enveloppait petit à petit tandis que le jour tombait. Les réverbères de la présidence distillaient une ambiance jaunâtre piquetée de blanc.

« *Fushaw s'est plaint la semaine passée qu'il avait perdu un très bon élément* » dit Qi

« *Oui, c'est dommage pour lui car c'était une personne de très grande qualité* » répondit prudemment Zang en mentant par omission.

Il s'était préparé à ce moment. Il savait que cela serait dur mais les mots eurent quand même du mal à passer ses lèvres. On ne fait pas un accroc même léger à une totale confiance de cinquante ans sans difficulté. Qi mit cette dernière phrase à moitié mangée sur le compte du froid ambiant.

« *Bravo et merci Zang. Tu as bien travaillé. La balle est dans mon camp maintenant. Rentrons au chaud* »

Marchant aux côtés du Président, Zang pria secrètement pour que Chang Hui ne réapparaisse jamais.

Il fallait qu'il prenne de ses nouvelles ou plutôt, mieux, qu'il la voit. Qi ne lui refuserait certainement pas un voyage à l'Ouest pour revoir le Professeur Guarini.

CHAPITRE 33

28 décembre 2019

Un concert de klaxons se déclencha au feu tricolore qui venait de passer au vert. Les voitures déboitèrent au bout d'un moment pour doubler la voiture qui n'avait pas bougé.

« *Encore quelqu'un qui répond à ses SMS* » pensèrent la plupart, pressés de rejoindre leur travail et à qui la chose était déjà arrivée. L'un d'eux fini par s'arrêter sur le passage piétons pour voir si le conducteur avait besoin d'aide.

Ce dernier se redressa brusquement, baissa la vitre « passager » et remercia celui qui venait de toquer à la vitre en se précipitant à son secours :

« *C'est bon. Merci. Je m'étais endormi. Tout va bien maintenant* »

La voiture repartit à petite vitesse car le docteur Lee n'y voyait pas encore complètement clair.

Il venait de passer deux journées à solder ses derniers travaux et c'était son dernier jour officiel de présence au travail. Un jour d'adieu à ses collègues en fait. Aux quelques-uns qu'il appréciait. Sans aucun pot particulier. Sa maladie avait connu cette dernière semaine un heureux répit.

Mais ce matin, là au feu rouge, il s'était proprement évanoui. Rétrospectivement, cela lui fit peur. Il était vraiment temps qu'il s'arrête.

Lorsqu'il eut garé son véhicule, il accéda à son bureau en marchant très lentement. Le tangage incessant de sa démarche était jusqu'alors ce qui le handicapait le plus.

Il y avait ce matin-là plus de monde dans les couloirs et machines à thé qu'au travail devant les paillasses et les écrans. Renseignements pris, le directeur de l'unité P4 avait convoqué tous les médecins à 9h dans le grand auditorium et chacun y allait de sa rumeur, de ses interrogations.

Instantanément, Lee se senti glacé. Il en frissonna. Et si son travail occulte avait déclenché une enquête ? Comment pourrait-il résister à la honte d'être découvert et pointé du doigt devant tout le monde ? Personne ne le comprendrait.

Ce qui lui était apparu comme un geste généreux et patriote quelques jours plus tôt lui apparaissait aujourd'hui inacceptable et monstrueux. Prostré dans son bureau, il se promis de tout raconter s'il devait être mis en cause. Il donnerait le nom de son commanditaire.

Le nom ? Quel nom ? L'esprit redevenu plus clair, il se rendit compte (comme l'avait prédit son interlocuteur) que son histoire ne tiendrait pas une seconde. Pas de nom, pas de signalement, rien.

Il fouilla avec fébrilité son téléphone et n'arriva pas à retrouver les appels qu'il avait passés. En fait, tous ses appels avant la semaine passée avaient été purement et simplement effacés...

Son voisin tapa à sa porte et lui fit signe de venir, la réunion allait démarrer.

Lorsque tous furent assis, le Directeur pris la parole. Il semblait particulièrement accablé. Sérieux et accablé. Il passa d'abord une courte vidéo du Docteur Xyan qui expliqua l'apparition d'une nouvelle crise sanitaire.

Origine probable, le marché aux animaux sauvages de Wu Han. La ville était maintenant complètement bouclée avec demande aux habitants de ne pas sortir sauf motif impérieux. La crise n'était pas encore sous contrôle et compte tenu du type de virus en cause, elle faisait appel à leur laboratoire pour endiguer la probable pandémie.

Le Directeur fit une courte pause après la vidéo. Il regarda toutes ses troupes une à une.

« *Nous avons déjà connu ce virus dans la ville il y a quelques mois et nous avons d'ailleurs accusé un de nos employés de négligence. Peut-être n'y était-il pour rien ? L'important n'est pas là pour l'instant. La ville met immédiatement sur pied une structure spéciale pour prendre en charge les malades et nous avons besoin dès demain d'une quinzaine de volontaires pour encadrer les équipes.* »

« *Je compte sur vous. C'est votre collègue Chong qui a dès maintenant la direction de cette unité. Ceux qui ne seront pas en première ligne prendront en charge en priorité absolue toutes les analyses nécessaires* »

Lee vidât ses poumons lentement sans faire de bruit. Soulagé. Aucune chasse aux sorcières n'était annoncée.

Il descendit les marches de l'amphithéâtre aussi vite qu'il le pouvait pour rejoindre son ami Chong et la file des volontaires.

CHAPITRE 34

7 février 2020

Les traditionnelles fêtes du Printemps pour la nouvelle année étaient terminées depuis deux semaines. Zang mesurait jour après jour le terrible tsunami qu'il avait déclenché.

Son Président avait réuni fin janvier tous les patrons des provinces ainsi que tous les membres importants de l'exécutif central. Il fallait – l'ordre était sans équivoque – il fallait que chaque responsable prenne des mesures fortes permettant de juguler cette pandémie. Le monde entier les regardait.

Le Hubei était la première province à beaucoup souffrir de la maladie mais il était évident que les autres devaient se préparer.

Après la réunion formelle, « la grand-messe », Qi avait reçu en tête à tête les responsables de Hong Kong qui connaissait ses premiers malades. La cheffe de l'exécutif et le premier secrétaire du parti communiste l'écoutèrent avec attention. Il avait mis les points sur les i de façon très claire. Il ne tolèrerait aucune exception à la mise sous contrôle sanitaire de leur population. A eux de profiter de cette circonstance.

Le pouvoir central avait suivi avec attention durant tout le mois de janvier l'évolution de la maladie et plus particulièrement l'agitation du docteur Lee. Au point que juste avant le premier de l'an chinois, Qi avait invité son ami Zang à faire un tour du kiosque à musique.

« *C'est lui qui t'a aidé ?* » demanda-t-il

« *Oui, c'est lui* » répondit-il

« *Il a l'air de craquer non ?* » insista Qi

« *J'ai eu un peu peur au début mais je crois qu'il va tenir, pour sa famille. De toute façon, je ne peux plus rien faire. Mais j'ai confiance en lui.* »

Zang expliqua en détail à son ami le modus operandi. Il voulait absolument le rassurer. Pas de contact physique, pas de nom, pas de téléphone. Sa maladie jusqu'alors cachée par les autorités rendrait son éventuelle confession inaudible.

« *Bien vu* » conclut Qi

Le docteur s'était distingué en parlant de la maladie et du virus sur les réseaux sociaux alors même qu'un confinement strict n'était pas encore décidé. Il avait animé un groupe de médecins qui s'étaient exprimés bien au-delà de leur devoir de réserve. Il avait d'ailleurs passé début janvier quelques jours derrière les barreaux pour ce malheureux dérapage.

La maladie se répandant inexorablement, il avait finalement été « réhabilité » d'autant plus qu'il avait démontré face au virus un dévouement sans faille. Infecté lui-même, il venait de succomber, officiellement à cause de la maladie.

Zang s'était un moment inquiété car manifestement Lee avait pris la pleine conscience de la gravité de ce qu'il avait fait et son agitation aurait pu annoncer un aveu en place publique. En fait, le docteur avait jeté ses dernières forces pour minimiser au mieux de ses modestes moyens la catastrophe annoncée. Sans toutefois dire un mot sur son rôle.

Et son « martyr » officiel justifierait d'autant mieux la prise en charge par l'Etat de sa veuve et de l'enfant à venir. Il était sorti « par le haut » d'une situation sans doute particulièrement difficile à vivre.

Depuis la dépêche du matin annonçant sa mort, Zang était complètement détendu. Détendu mais un peu désorienté, comme orphelin.

De façon assez partagée, l'ensemble du monde observait la Chine avec un calme relatif et une certaine distance. Il n'y avait guère que la Lombardie en Italie pour avoir déjà des malades. Une anomalie incompréhensible que Zang ne s'expliquait pas.

Après avoir jeté un coup d'œil sur les trois prochains discours que son équipe avait préparés, il décida d'aller marcher dans la ville, la marche restant sa compagne la plus fidèle, une compagne présente dans les bons et les mauvais moments, une compagne muette qui l'aidait toujours à remettre ses idées en place.

Tout en déambulant, Zang éprouva un sentiment très bizarre, schizophrène même. Il était bien évidemment heureux et très fier d'avoir réussi sa mission, d'avoir aidé son pays. Une réussite exemplaire à tous les points de vue.

Le problème s'il n'en restait qu'un était qu'il était condamné à n'en parler à personne. Pas même à sa famille. Personne ne saurait jamais le rôle éminent qu'il avait joué pour la Chine. Il ne rentrerait jamais dans les livres d'histoire.

Bien sûr il y avait l'indéfectible amitié de Qi, ce qui n'était pas rien. Bien sûr il terminerait sa vie avec la situation enviée des grands apparatchiks du régime. Mais quand même.

Les travailleurs de l'ombre ressentent parfois l'envie, le besoin même, que leurs victoires soient connues, partagées, célébrées. Ce qui ne serait pas le cas.

Zang s'attabla dans un petit restaurant où il avait ses habitudes. Ce restaurant avait les meilleures cacahuètes de Pékin, son péché mignon. En attendant l'arrivée de ses plats préférés, il continua sa déambulation dans sa tête. De toutes manières, à part son président, qui pouvait témoigner ? Il passa en revue tous les protagonistes de cette opération Vidoc.

Chang Hui !

Oui bien sûr Chang Hui.

Où était-elle ? Que faisait-elle ? Elle, elle savait.

Il n'avait pas recontacté la jeune femme depuis leur triste séparation à l'aéroport de Macao. Ils étaient convenus d'une procédure de contact en cas de besoin. Un système bien tordu qu'elle avait imaginé et qui devait décourager toute tentative de regarder sur leur épaule.

Bien occupé ces dernières semaines, il devait avouer avec un peu de honte qu'il n'avait pas beaucoup pensé à elle.

D'un coup, il se rendit compte qu'il avait besoin de partager, il avait envie de la revoir.

Tout de suite.

Elle seule pouvait combler le vide qu'il ressentait douloureusement au plus profond de lui. Un peu comme les anciens combattants qui refont sans cesse leur guerre. Pour eux, rien que pour eux.

Il avait besoin de son énergie, de ses rêves, de sa jeunesse, de son immense envie de faire bouger les lignes. Un besoin impérieux.

Zang écourta son repas et fit un signe à son garde du corps qui comme lui ne finirait pas de manger. Il revint vers son bureau en trottinant rapidement.

Il fallait qu'il contacte au plus vite Chang Hui.

FIN

Décembre 2021